SURVIVANTE
TROIS PARTIES

« Se confier à des antipathiques ne l'enchantait point, se museler
les lèvres était plus préférable »

Rhayaine Nouacer

Avant propos

SURVIVANTE est un roman qui a pour objectif de dénoncer et de
sensibiliser aux violences sexuelles, tout en montrant à toutes les
victimes qu'elles ne sont pas seules. Certaines scènes peuvent être
choquantes pour des lecteurs non avertis. Si vous êtes jeune et que
vous manquez de recul et de maturité, je vous conseille de ne pas
lire ce livre.

Avertissements de contenu : viol, harcèlement sexuel,
automutilation, langage cru et violent, mentions de suicide,
maladies mentales (dépression, anorexie).

La littérature existe pour dénoncer des problématiques, non pour
les banaliser ou les romantiser.

Atmosphère

Born to die - lana del rey
What was I made for ? - Billie Eilish
Heartless - the weeknd
Skyfall - adèle
Pretend - alex_g_offline
Never feelt so alonne - labrinth
In your room - depeche mode
O children - Nick Cave
All the bright place II - Keegan Dewitt
They took all I had - keosz
Time - Hans Zimmer
Bathroom dance - joker
Dream - Salvia path
Consume – Chase atlantic
Softcore – The Neighbourhood
Chamber of reflexion – Mac DeMarco
Afraid – The neighbourhood
Unfair - The Neighnourhood
Faith - The Weeknd
Play with fire - Sam Tinnesz
Cry - the Neighbourhood
Supermassive Black Hole - Muse
Keep on loving you – Cigarettes After Sex
United in grief - Kendrick Lamar
Genesis – Grimes

À toutes celles et ceux qui ont perdu leur voix, que ce soit à cause de la peur, de l'oppression ou de l'injustice...

PARTIE 1
UNE FOULE HOSTILE

Chapitre 1 – pluies éternelles

Il est 14h07 lorsque June dépose sa tasse sous la machine à café
pour la deuxième fois aujourd'hui. Impatiente, elle tapote sur la
machine en attendant que le liquide coule. Comme toujours, elle est
en retard pour retrouver ses amies. Cela ne les surprendra sûrement
pas. Habituées, elles demanderont sûrement au chauffeur de bus de
patienter encore quelques minutes. June avale son café brûlant si
rapidement qu'elle finit par tousser.

D'un pas décidé, elle enfile sa veste en cuir, si rapidement qu'une
pièce de 20 centimes tombe de sa poche. Trop pressée, elle l'ignore
et la laisse par terre. Elle sort en courant. Heureusement, elle habite
près de l'arrêt de bus ; il ne faut que trois minutes pour y accéder.
Mais pour cela, il faut courir. Elle commence donc à sprinter,
jusqu'à ce que l'arrêt apparaisse dans son champ de vision.

Elle scrute chaque recoin, chaque feu, chaque passant, et remarque
Gloria qui lui fait signe de se dépêcher. Enfin, elle arrive devant
elle, essoufflée, mais elle dissimule sa respiration, même si elle a
envie d'exploser. Soulagée, elle s'assoit à côté de Liz.

— C'était quoi cette fois ? T'as loupé ton réveil ? dit Liz d'un ton
sarcastique, un sourire moqueur au coin des lèvres.

June répond par un petit rire.

Les paysages défilent à travers le carreau taché d'empreintes. Gloria
aime contempler l'extérieur. Même lorsque le paysage peut sembler
banal pour les autres, elle trouve du sublime dans les moindres
choses. Malgré tout, elle danse sous la pluie la plus violente qui
puisse exister, c'est ce qu'elle a toujours pensé. Même chez les

passants qui semblent si malheureux, elle leur imagine de belles histoires. Elle observe, c'est son atout. Malgré les fois où cela lui a fait mal, comme lorsqu'elle était au collège et qu'on riait sous son nez, cela l'a beaucoup aidée, notamment pour aider les personnes qu'elle aime.

June, perdue dans ses pensées, ne remarque même pas qu'elle est arrivée à destination. Comme à chaque fois, ses amies la poussent pour la réveiller, autrement elle serait restée trois heures dans le bus.

— Ça ouvre dans deux minutes, dépêchez-vous, dit Gloria, ses cheveux collés à son gloss.

— T'inquiète, tu le verras.

Gloria, l'air ahuri, demande de qui elle parle.

— Tu sais très bien, poursuit Liz en souriant.

Gloria comprend immédiatement et rit de bon cœur.

— Mais qu'est-ce que vous avez vous deux encore ? demande la rousse aux yeux océans.

— On sait très bien que tu viens au bowling juste parce qu'il y a Jack, dit June sarcastiquement en lui touchant le bras.

— N'importe quoi, répond Gloria.

— Oh, on rigole ! continue Liz en insistant sur le mot « rigole ».

Elles se dirigent vers le hall du bowling comme convenu. Les deux filles taquinent Gloria, qui ne peut s'empêcher de sourire en voyant Jack. Il avait déjà préparé les places. Les filles se préparent et commencent à jouer. Tout ce qui importe à ce moment, c'est de s'amuser. Elles ne pensent à rien d'autre.

Gloria, avec son sourire scintillant, est contagieuse. Dès qu'on l'admire, on se met à rire aux éclats. Pour les autres, elle a toujours été un exemple, par sa façon d'être, de s'affirmer. Ce trio a toujours été soudé, elles s'entraident et se soutiennent. Lorsque l'une d'entre elles n'allait pas bien, les autres se précipitaient pour proposer une soirée ou simplement rester à ses côtés. Un jour, quand Gloria a été reniée par son père, June l'a invitée à rester chez elle. Leur amitié est si fusionnelle. Aucune d'entre elles ne se retrouve jamais seule.

Après le bowling, elles s'installent au bar pour discuter autour de boissons.

— D'ailleurs, June, tu n'as toujours pas eu les résultats pour l'académie ?

— Non, répond-elle avec un regard désespéré, je commence à me décourager.

— Mais non, ça prend du temps, essaie de penser à autre chose pendant ce temps, tu les auras bientôt, tes résultats.

— Merci... dit-elle, peu convaincue.

Gloria s'approche et la prend dans ses bras, lui promettant que tout se passera bien. June est très préoccupée ces derniers temps. Depuis son plus jeune âge, elle rêve d'étudier à la célèbre académie Souls. Elle a envoyé une demande d'admission et attend impatiemment les résultats. Un mélange d'empressement et de peur l'envahit. Ses amies restent à ses côtés pour la rebooster, lui rappelant ses rêves d'enfant. Elle veut réaliser ce rêve pour elle-même, mais aussi pour rendre fière l'enfant qu'elle était.

La journée passe vite. Après le bowling, elles passent toute la journée ensemble et, à la tombée de la nuit, chacune rentre chez soi. June, épuisée mais soulagée, se laisse tomber au pied de son lit. Elle vit seule avec l'aide financière de ses parents, mais reste souvent chez eux. Alors qu'elle s'apprête à allumer la télévision, son téléphone sonne. Une notification. Qui pourrait bien lui envoyer un message à 22h ? La première chose qui lui vient à l'esprit, c'est l'académie. Elle court vers son téléphone, oubliant sa fatigue, et le prend avec précipitation. Elle souffle une seconde avant de l'allumer. Ses pupilles s'agrandissent, son visage s'illumine, et sa mâchoire se détend.

"Votre demande est acceptée."

Sans finir de lire, elle poursuit en défilant le mail.

"Vous commencerez le 28 octobre. À 18h, vous serez accueillie et installée dans votre chambre. N'oubliez pas votre carte d'identité. Nous sommes heureux de pouvoir vous accueillir."

Soulagement. Elle est soulagée après toutes ces semaines de stress. Dans seulement 12 jours, elle sera à l'académie. Elle a du mal à y croire et appelle immédiatement ses amies pour leur annoncer la nouvelle. Elles sont fières d'elle. Elle fait de même avec sa mère, tout aussi contente. Celle-ci propose même de venir le lendemain pour en discuter.

Elle ne pense plus qu'à ça. Son cœur palpite, son ventre brûle d'excitation. Mais subitement, une inquiétude surgit. Son père. La relation avec lui est problématique, et il n'est pas au courant de sa demande. Il pourrait refuser de la laisser partir. Elle éteint la télévision et gagne son lit, enfile ses écouteurs pour calmer ses pensées et s'endort avec l'espoir enflammant sa peau.

Le 17 octobre, elle n'a à peine le temps de toquer que sa mère ouvre la porte et la prend dans ses bras.

— Calme-toi, je n'y suis pas encore ! dit June sarcastiquement.

— Oui, mais tu vas y aller !

— Qu'est-ce qui vous enchante à ce point ? demande son père en entrant dans le salon avec un léger sourire.

June ne répond rien. La tension entre eux a toujours été froide. Elle lui en veut de ne pas avoir été là pour elle pendant ses moments de gloire. Par exemple, lorsqu'elle avait gagné un concours d'écriture, son père lui avait dit que c'était bien, mais que tout le monde pouvait le faire. Lorsqu'elle a eu son bac, son père est resté chez lui à regarder la télé pendant qu'elle fêtait avec sa mère et ses amies. Elle s'est toujours sentie rabaissée par lui. Il n'était jamais fier d'elle, malgré tous ses efforts.

— Et si on s'assoit ? propose sa mère.

Ils s'assoient autour de la table. Le ciel est terne, sans couleur, seuls des nuages sont visibles. Un silence règne dans la salle.

— Il faut qu'on te parle. June ? Tu lui dis ?

Elle acquiesce et décide de tout balancer d'un coup.

— J'ai envoyé une demande pour aller dans une académie, et j'ai été acceptée. Je pars le 28 octobre.

Son père ne répond rien. Son expression montre qu'il n'est pas content. June pose ses mains sur la nappe verte qui couvre la table. Elle analyse chaque recoin de la salle. Elle remarque une décoration qu'elle n'avait jamais vue auparavant, un miroir avec des fleurs violettes dans un vase gris. Elle demande à ses parents d'où il vient.

— Oh, je pensais que tu t'en rappellerais ! C'était le vase de ta grand-mère. On l'a retrouvé dans de vieux cartons.

June acquiesce. Sa grand-mère est décédée il y a longtemps. Elles n'étaient pas proches. Enfant, elle ne se sentait pas aimée par qui que ce soit. Sa grand-mère, ses amis, ses tantes, même ses parents. Elle se sentait mise de côté et s'isolait inconsciemment. Aujourd'hui, elle se sent aimée grâce à ses amies.

— Et pourquoi ne pas me l'avoir dit avant ? demande Marco.

June éclate de rire.

— Quand avons-nous eu une réelle discussion ?

Sa mère lui tape l'épaule pour lui demander d'arrêter.

— Tu n'iras pas, dit-il froidement en se levant.

June, ahurie, lui répond en l'assassinant du regard.

— Pourquoi pas ?

— Parce que c'est trop loin. Je ne te laisserai pas partir à l'autre bout...

June, le coupant :

— Tu sais quoi ? Il faudrait que tu arrêtes de montrer ton mécontentement à chaque fois que je réussis quelque chose. Occupe-toi plutôt de ton boulot.

— Ne me parle pas comme ça ! Je te rappelle que je suis ton père !

June ricane, avant d'ajouter :

— Un père ? Tu sais, être père, ce n'est pas juste une question de lien du sang. Renseigne-toi sur ce que ça signifie vraiment avant de me faire la morale.

Flore, sa mère, la fusillant du regard :

— June !

Mais June ne s'arrête pas. Elle a gardé le silence pendant des années, se laissant submerger par une marée de non-dits. Maintenant, tout ce qu'elle veut, c'est parler.

— Ce n'est pas parce que tes parents t'ont abandonné que tu dois me faire la même chose, tu sais ? Avoir souffert ne légitime pas d'infliger la souffrance aux autres.

Flore, furieuse :

— June, ça suffit !

June pense qu'elle en a dit assez pour faire passer son message et se tait. Flore lui a toujours répété de ne pas parler du passé de Marco. En effet, il n'a pas eu une enfance facile. Sa mère, apparemment une prostituée, ne s'occupait pas de lui, et son père était pratiquement absent. Le peu de fois où il était là, ça se passait mal. C'est tout ce que June sait. Certes, il a peut-être vécu des choses difficiles, mais ce n'est pas une raison pour se comporter comme ceux qui lui ont fait du mal. Marco reste figé, aucun mot ne sort de sa bouche. Lui qui avait toujours une réponse à tout.

Flore, tentant de changer de sujet :

— Bon, tu as trouvé quelque chose ? demande-t-elle à June, qui regarde le site de l'académie sur internet.

— J'ai trouvé une image des élèves. Ils sont tous vêtus d'un costume, accompagné d'une cravate à rayures. En tout cas, j'adore leurs tenues ! rit-elle.

— J'ai hâte de te voir avec cet accoutrement !

— Comment ça, me voir ? Tu comptes venir me voir quand je serai là-haut ?

— Je parlais de te voir en photo. J'aimerais bien, mais je ne peux pas !

June réalise seulement maintenant que son père n'est plus présent. Il a dû partir quand elles étaient focalisées sur la photo. Cela la peine, mais elle se remémore toutes ces années où elle se sentait rabaissée et humiliée par lui.

— Tu devrais aller t'excuser auprès de lui, tu l'as blessé, tu sais ?

— Et lui, il ne m'a pas blessée ?

— Je n'ai pas dit ça, mais il faut que vous parliez ensemble. Je pense qu'il ne sait pas comment agir. Ce n'est pas facile pour lui.

— Bon, je vais essayer de lui parler. En espérant qu'il m'écoute cette fois-ci.

June se lève et s'installe sur le canapé, allumant la télé. Elle se plonge dans sa série préférée, emmitouflée dans un plaid avec un cappuccino à la main. Elle entend les pas de sa mère monter les escaliers. Elle suppose qu'elle est partie voir comment allait son père. June hésite entre deux solutions :

Attendre d'être en tête-à-tête pour parler à son père.

Aller lui parler maintenant.

Perdue entre les deux, elle ne sait pas quoi choisir. Mais en y réfléchissant, pourquoi ne pas le faire maintenant ? Qu'est-ce qui pourrait bien se passer ? Elle peut simplement demander à sa mère de les laisser seuls pour parler. Décidée, elle se redresse et monte, arrivant à la chambre. Son père est assis sur le lit, accroupi, avec son casque. Sa mère, debout, se retourne en entendant June avancer. Elle sort de la chambre sans dire un mot, sachant que June voulait parler à Marco.

— Papa, je peux te parler, s'il te plaît ?

Après quelques secondes, Marco retire enfin son casque, le pose sur l'oreiller à côté de lui, puis la regarde avant de parler.

Dehors, les rues sinueuses baignaient dans le froid. L'automne ressemblait dorénavant à un hiver glacial. La pièce était aussi givrée que la situation.

— Qu'est-ce que tu veux me dire ? Je t'écoute, dit Marco.

June prit quelques secondes pour rassembler son courage, puis se lança :

— Depuis que je suis petite, je n'ai jamais vraiment eu la possibilité de me confier à toi. Simplement parce que tu sembles fermé à la conversation.

Marco resta silencieux, la regardant d'un air blasé. June sentit sa frustration monter.

— Qu'en penses-tu ?

— Tu ne comprends pas, répondit-il.

— Et comment je peux comprendre si on ne me dit rien ? rétorqua June.

— Je veux juste que tu arrêtes de te poser des questions. C'est tout. Rien d'autre.

June sentit la colère monter en elle.

— Donc je ne pourrai jamais avoir une conversation normale avec toi pour essayer d'arranger les choses ? Au lieu de faire comme si tout allait bien ? Comme si notre relation était semblable aux relations pères-filles que nous voyons dans les rues ? Tu veux rester indéfiniment dans le déni ?

Marco se redressa, visiblement irrité.

— De quoi tu parles ? Tu es ma fille, et tu le sais très bien.

— Pas mentalement, dit-elle en baissant les yeux.

— Comment ça ?

— Je suis vraiment censée t'expliquer ça ? C'est mon rôle ? Non, je veux juste te dire que j'aurais aimé me sentir aimée par toi, mais...

— Mais je t'ai toujours aimée, qu'est-ce que tu racontes ? Tu t'imagines trop de choses, l'interrompit Marco.

June serra les poings.

— Laisse-moi terminer !

— Laisse-moi commencer et je te laisse...

— Non ! Laisse-moi parler pour une fois, tu ne m'écoutes jamais ! Je n'ai pas fini. Donc, je disais, je me sentais si seule. Parfois, je m'enfermais dans ma chambre pour pleurer. Je pensais que c'était ma faute. Je me remettais sans cesse en question, pensant que j'étais une mauvaise fille pour toi. En voulant changer, je me suis perdue, je ne savais plus qui j'étais. Et c'était devenu normal pour moi, jusqu'au jour où mes amies me parlaient de leurs pères.

Marco soupira profondément.

— D'accord, c'est ma faute comme toujours.

June sentit son cœur se briser un peu plus.

— Ce n'est pas la réponse que je voulais entendre.

— C'est bon. C'est moi le problème, pas toi. T'es soulagée ?

June, épuisée de parler pour finalement être incomprise, finit par dire :

— Ok.

Elle descendit au rez-de-chaussée et, au moment où elle prenait son manteau pour sortir, sa mère l'interrompit.

— Les plats sont prêts, dit Flore.

June, ne voulant pas offenser sa mère, cède et s'assoit.

— Je reste seulement pour manger, puis je pars juste après.

— Il t'a dit quoi ?

— Je n'ai pas envie d'en parler. Changeons de sujet. Il faut que je commence à m'acheter des affaires pour mon séjour. Tu pourrais me donner un peu d'argent ?

— Ça dépend, combien ?

— Pas beaucoup. J'ai pensé à garder mes économies pour ça.

— Pas de soucis, je te ferai un virement.

— Merci.

June mange rapidement, avec l'idée de partir. Elle a besoin de se retrouver seule, pour se préparer avant son admission et pour réfléchir. Avant de poser son assiette, elle prend un mouchoir et essuie ses lèvres lentement.

— C'était très bon, comme toujours.

Elle quitte la maison et se dirige vers sa voiture pour rentrer chez elle. La première chose qu'elle fait en arrivant, c'est remplir sa baignoire d'eau chaude. Une fois remplie à moitié, elle s'y plonge, avec ses regrets. June ne le montre pas, mais à chaque fois qu'un conflit éclate entre elle et son père, un ouragan de questionnements et de regrets s'empare de son esprit.

N'importe quel conflit lui procurait un sentiment de culpabilité, se jugeant responsable de ce qu'elle n'avait pas fait. Pas une culpabilité passagère que l'on ressent après une erreur, mais une culpabilité étouffante qui paralysait son corps entier et inondait son esprit de pensées incontrôlables. Celle qui empêche de se sentir légitime d'être heureuse.

Se blâmer sans raison valable. Porter le poids d'une inexistence.

Elle laissa tomber son corps frêle dans l'eau chaude, qui lui procurait une émotion de sérénité, apaisant les tempêtes dans sa tête. Elle aurait pu y rester toute la journée, voire toute la nuit. Ses paupières se fermaient alors que son corps se laissait bercer par le bruit des gouttes d'eau tombant du robinet. Mais ses yeux se rouvrirent brusquement lorsque la sonnerie de son téléphone retentit, la faisant sursauter.

Elle sortit un pied de l'eau, attrapa son téléphone après s'être essuyé les mains. C'était Gloria. Elle rappela son amie en sortant l'autre pied de l'eau.

— Gloria ?

— Oui, coucou June ! Bah alors, tu n'as pas répondu à mes messages depuis ce matin, donc je me permets de t'appeler. Tu fais quoi ?

— Désolée, j'étais chez mes parents, donc je n'ai pas ouvert mon téléphone !

— Pas de soucis ! Et alors ? Tu leur as annoncé ? demande Gloria, impatiente.

— Oui, ils sont contents pour moi !

— Trop bien ! répond Gloria, enjouée. En même temps, pourquoi ne le seraient-ils pas ?

June se contente de répondre par un léger rire. Elle n'osait pas évoquer les soucis avec son père, craignant des commentaires comme "Mais t'abuses, tu vas bientôt aller à l'académie Souls et tu te plains pour des histoires anciennes." Même si elle faisait confiance à son amie, elle préférait ne pas prendre de risques. Elle n'avait pas envie de gâcher l'ambiance paisible.

— Tu fais quoi cet après-midi ? demanda Gloria.

— Je ne sais pas du tout.

— Tu te rappelles de la forêt à côté de Quartier Charner's ?

— Ah oui, j'aimais tellement y aller. Ça fait longtemps que je n'y suis pas allée.

— Ça te dit d'y aller ?

Un sourire se dessina sur le visage de June. Sans hésiter, elle accepta la proposition. Ce lieu lui offrait tant de vertus. Elle admirait les forêts, elle pouvait passer des heures allongée sur l'herbe fraîche, aux côtés des arbres et des cours d'eau. Et Gloria le savait. June ne savait pas comment, mais son amie arrivait toujours au bon moment. La nature l'aidait à se reconnecter à l'extérieur, et parfois à elle-même.

Elle attendit que Gloria arrive devant sa maison pour y aller ensemble, à vélo cette fois-ci.

Elles pédalèrent dans les rues éclairées, leurs cheveux dansant au rythme du vent. Elles commencèrent à accélérer, et les paysages défilèrent rapidement. En arrivant au début d'une légère pente, elles laissèrent celle-ci prendre le relais. L'adrénaline coulait dans leurs veines, faisant battre leurs cœurs, non pas parce qu'elles étaient en vie, mais à cause de la vitesse et du vent caressant leurs visages, les faisant oublier tout ce qui s'était passé avant.

Elles s'arrêtèrent entre-temps pour chercher de quoi grignoter. Puis, après un moment, elles entrèrent dans The Greensr's, qui débutait son entrée par un chemin boiteux.

Les oiseaux chantaient de beaux jours. Les feuilles dansaient au rythme de leurs sons. Plus elles avançaient, plus les couleurs changeaient. Arrivées dans un coin verdoyant et calme, elles s'assirent sur l'herbe encore humidifiée par la pluie de la nuit. Seuls les sons des feuilles volantes et de l'eau ruisselant régnaient. Gloria sortit les sushis et les nouilles du sac, puis prépara les sauces. C'était leurs plats préférés, surtout en forêt.

— Alors ! Tu ne m'as pas raconté la tête de ton père quand tu lui as annoncé la nouvelle, ricana-t-elle.

June gloussa avant de changer de sujet.

— D'ailleurs, il faut que je te parle de quelque chose par rapport à ça.

— Qu'est-ce qu'il y a ? questionna la rousse, impatiente. Ne me dis pas que tu as changé d'avis. Tu ne peux pas refuser ! Tu as toujours voulu y aller.

— Ce n'est pas ça.

Leurs yeux se croisèrent. Gloria se tut, attendant une réponse de son amie.

— En réalité, mon père n'était pas d'accord pour que j'y aille.

— C'est une blague ? s'esclaffa-t-elle. De toute façon, je ne l'ai jamais aimé.

Elles gloussèrent. En effet, Gloria ne l'avait jamais apprécié, dès leur première rencontre, avant même que June lui parle de ses soucis.

— Rassure-moi, tu ne vas pas t'empêcher d'y aller à cause de lui ?

— Non, t'inquiète, je compte toujours y aller.

— C'est ça qu'on aime chez toi ! affirma Gloria à haute voix, en l'enlaçant.

Elles s'allongèrent sur l'herbe, contemplant le ciel. June, pensive, observait les arbres au-dessus d'elle. Malgré la lumière qui l'éblouissait, quelques nuages parsemaient le bleu du ciel.

— Oh, et ça te fera peut-être du bien d'être entourée de garçons, dit Gloria avec un sourire sarcastique. Tu vois où je veux en venir ?

June esquissa un sourire.

— Non merci. Je préfère me concentrer sur moi.

— Et ça fait pas un peu trop longtemps que tu es dans ta phase "se concentrer sur moi" ?

— Oh non, je suis bien comme ça. C'est paisible, tu sais. Et toi, ton copain Jack ? Tu ne m'en parles plus !

— Jack est tellement bienveillant, répondit Gloria en mangeant un sushi, les yeux brillants.

— Oh, on sent l'amour fou ici, taquina June. Non, je rigole, vous allez tellement bien ensemble.

— D'ailleurs, je lui ai dit que tu étais acceptée à l'étranger. Il t'a félicitée, il est fier de toi !

— Ouais, répondit June sans conviction.

— Tu sais, il t'aime beaucoup en réalité ! Il n'est juste pas très sociable !

— Je sais pas, à chaque fois qu'il me voit, il me regarde mal et ne me parle jamais.

— Il ne le fait pas exprès ! Il fait ça avec tout le monde, même avec Liz ! Ne le prends pas personnellement.

June sourit et acquiesça.

— N'oublie pas les sushis !

— Ah oui, c'est vrai.

— Toujours paumée, rit Gloria.

Elles passèrent l'après-midi à discuter et à déguster des plats japonais. Quand le froid commença à se faire sentir, elles se réfugièrent dans un café. Dès qu'elles enlevèrent leurs vestes, un serveur vint prendre leurs commandes.

— Un cappuccino, s'il vous plaît, dit June, tandis que Gloria se contentait d'un expresso.

Tout ce qu'il fallait pour vivre un bel automne. La cafétéria était déjà remplie. Une pluie battante commença à tomber, et les passants se réfugièrent à l'intérieur. Contrairement à beaucoup de gens, June adorait la pluie. Parfois, elle sortait spécialement parce qu'il pleuvait.

— D'ailleurs, t'as eu des nouvelles de Liv aujourd'hui ? demanda Gloria.

— Oui, elle passe la journée chez ses tantes, sinon je lui aurais proposé de venir avec nous.

Elles débarrassèrent leur table dès que l'obscurité envahit la ville. En remettant sa veste, June avança, mais son amie s'arrêta net, téléphone à la main.

— Mince ! dit-elle, apeurée.

— Qu'est-ce qu'il y a ? demanda June en faisant volte-face.

— Je viens de recevoir un mail, j'ai un souci. Tu peux me raccompagner chez moi, s'il te plaît ? Ça m'aiderait beaucoup.

— Oui, bien sûr, répondit la brune, inquiète. J'espère qu'il n'y a rien de grave.

— Non, t'inquiète.

Elles pédalèrent aussi vite que possible vers la maison de Gloria, une vague de stress s'emparant de June. Quelques minutes plus tard, elles arrivèrent enfin.

— Tu ne veux pas me dire ce que c'est, ce mail ?

— Non, attends, répondit Gloria en avançant, alors que June s'était arrêtée derrière elle.

Puis Gloria se retourna avec un grand sourire aux lèvres. June ne comprenait pas. Il y a peu, son amie semblait terrifiée, et maintenant elle souriait.

— Tu te fiches de moi ?

Gloria éclata de rire.

— Je ne dis rien, tu n'as qu'à regarder, dit-elle en tournant la poignée de la porte.

Chapitre 3 – Nostalgie

Lorsqu'elle ouvrit la porte, des lumières fluorescentes jaillirent dans la pénombre. June n'en croyait pas ses yeux. La pièce était remplie de visages familiers et d'inconnus. Elle reconnut Jack et un autre ami de Gloria avec qui elle n'était pas très proche. Tous se mirent à applaudir.

— T'étais pas obligée de m'inventer des histoires ! dit-elle en avançant vers la porte.

— À ton honneur, déclara son amie en tendant son bras pour l'accueillir. Aujourd'hui, c'est ton jour.

De la musique jouait, des enceintes diffusaient des mélodies entraînantes, des boissons étaient servies, et des guirlandes colorées ornaient le plafond. Soudain, Liz s'approcha de June.

— Je croyais que tu étais chez tes tantes !

— Il fallait bien trouver quelque chose à dire, répondit-elle en gloussant.

— Je n'y crois pas, ça aussi c'était un mensonge !

Liz se contenta de pouffer. Puis June se tourna vers Gloria, la fusillant du regard. Cette dernière s'avança d'un pas enjoué.

— Amuse-toi au lieu de te poser des questions !

June, encore sous le choc, remarqua enfin que la musique qui jouait était son morceau préféré, "Meddle About" de Chase Atlantic. Son cœur s'emballa de joie. Chaque fois qu'elle entendait cette chanson, son âme dansait et son cœur battait au rythme de la mélodie. Un sourire exquis s'épanouit sur ses lèvres pulpeuses et rosées.

En observant la pièce, elle reconnut quelques visages, mais la plupart des invités étaient des amis de Gloria qu'elle connaissait à peine. Ses pensées furent interrompues lorsque plusieurs personnes vinrent la féliciter pour son admission. Confuse, elle hocha la tête en souriant. Peu après, Jack s'approcha, arborant un léger sourire. Ce n'était pas très jovial, mais suffisant pour lui apporter de la sérénité pour toute la journée.

— Bravo pour ton...

June le coupa pour le remercier avec un sourire éclatant.

— Vous venez, il y a le jacuzzi ! lança une voix lointaine.

Certains avaient déjà enfilé leurs maillots de bain et commençaient à se déshabiller pour se baigner.

— Tu viens ? demanda Liz.

— Non, je n'ai pas de maillot, je vais rester à l'intérieur.

— Tu ne pensais tout de même pas qu'on n'avait rien prévu, tout est en haut.

June ne comprenait pas au début, mais c'était bien vrai. Elles avaient acheté un maillot de bain spécialement pour elle ! Elle monta le chercher et le trouva posé sur un meuble. Il était pourpre, accompagné d'un lacet destiné à enlacer le ventre.

— Laisse-moi deviner, c'est Gloria qui a choisi !

— Tu as une bonne intuition !

Elle le savait. C'était sa couleur préférée, le rouge. Elle s'isola dans une pièce pour se changer. Ce n'était pas facile à mettre, notamment à cause des lacets qui pendouillaient de chaque côté, mais elle finit par y arriver. Elle redescendit ensuite, sous le regard scintillant de ses amies. Les autres étaient déjà dans l'eau.

— Tu es magnifique, déclara Liz à haute voix.

— Elle a raison, ajouta Gloria.

June leur lança un regard rempli de compassion et d'amour. L'extérieur était déjà glacé en cette soirée, mais elles espéraient que l'eau chaude compenserait.

Liz, telle une sirène, ôta sa robe sombre et ses collants troués. Son maillot de bain, vert foncé, faisait ressortir sa peau métisse couverte de tatouages, ainsi que son eyeliner rouge pourpre. Elle plongea gracieusement dans l'eau bouillonnante et nagea jusqu'au bord pour s'y appuyer.

June suivit, accompagnée de Gloria, et elles se rejoignirent toutes les trois. L'après-midi se déroula plus vite que prévu.

À 22h11, de retour chez elle, June commença à faire sa valise. En posant quelques vêtements, elle se rappela qu'à Academic Souls, des uniformes étaient fournis. Hésitante, elle ne savait pas si elle devait emporter ses propres habits. Elle finit par ajouter une tenue au cas où. En vérifiant ses e-mails, elle trouva une liste de fournitures tout en bas du document. Trop excitée, elle n'avait pas lu l'entièreté de celui-ci.

En fin de compte, il ne lui fallait pas beaucoup de choses pour y aller. June s'attendait à devoir emporter une multitude de manuels et de livres à acheter, comme c'est souvent le cas dans la plupart des écoles. Cependant, cette académie semble être une très bonne école, où tout est déjà prévu. Elle a de plus en plus hâte d'y être, malgré ses craintes. Dans ce genre d'établissement, la plupart des étudiants sont très doués et intelligents, ce qui l'effraie, craignant de ne pas être à la hauteur. Mais elle veut se surpasser. Elle attaqua la préparation de sa valise brune, y mettant tout ce qu'il faut. Elle ajouta également quelques affaires personnelles, telles que son ordinateur et ses chargeurs. Mais surtout, son casque. Impossible de sortir sans. June aime les interactions, mais rester dans son monde et son univers est tout aussi important pour elle. Une fois prête, elle engloutit les restes d'hier, des œufs au plat accompagnés de quelques frites. Puis elle passa sa journée à lire ce livre qui l'embarque dans un monde différent, totalement immergée.

_ The Secret History, Donna Tartt

Elle oubliait l'espace de quelques instants ses craintes concernant son admission.

27/10

Quelques jours après, au café rue Lokers'y

— Vous en avez pas marre de venir là ? souffla Jack.

— Bien sûr que non ! affirma à voix haute Gloria.

Comme chaque matin, ils se rejoignaient à la cafétéria, mais Liz n'était pas présente.

— Pourquoi Liz n'est pas venue ? Elle a eu un empêchement ? demanda June.

— Je sais pas, elle ne me répond pas depuis trois jours.

Liz ne répond jamais vite. Lorsqu'on lui envoie des messages, elle répond seulement une semaine après, et parfois plus. Cela agaçait Gloria.

— Vous avez qu'à vous rendre chez elle, annonça Jack.

— Non merci, gloussa Gloria. T'as vu où elle habite ?

— T'es méchante, ricana son copain.

— Oh c'est de l'humour !

Effectivement, Liz habite dans un quartier peu apprécié, chez ses parents. Gloria soupire.

— Ça m'agace un peu. J'ai l'impression qu'elle ne nous considère même pas comme ses amies, avoue-t-elle. T'en penses quoi, June ?

— Le fait qu'elle ne réponde pas vite aux messages ne me dérange pas. Par contre, des fois, elle change de personnalité en un rien de temps.

Des vagues souvenirs envahissent l'esprit de June. C'était au lycée, le 12 avril.

Un jour de printemps, au lycée Grey I. June entre dans la salle de classe et s'installe à sa place habituelle, au fond, en attendant Liz. Gloria, enrhumée, est absente. Alors qu'elle sort ses affaires de son sac, elle voit Liz entrer, l'air préoccupé. Elle avance plus vite que d'habitude, dévisageant tout le monde autour d'elle. Se croyant sortie de la cuisse de Jupiter. Elle arrive à sa place, à côté de June, jette son sac brusquement sous la table et s'assied sans un mot. Pas même un "salut".

— Ça va ? demande June.

Rien.

— Pourquoi ne me réponds-tu pas ? insiste-t-elle en la touchant à l'épaule.

Liz recule abruptement et hurle de ne plus lui parler. Confuse, June tourne la tête vers l'avant pour ne plus la regarder afin de ne pas l'énerver davantage. Visiblement, les quelques élèves présents la fixent, ahuris. Liz a toujours été sociable, pourquoi ce changement soudain ? June se sent blessée et énervée. Elle qui a toujours été là pour Liz, pourquoi cette haine ? Comment peut-elle faire ça ?

Depuis ce jour, Liz ne leur a plus adressé la parole. À la fin des cours, elle sortait toujours tôt et prenait un chemin différent. Pour se rendre à la cour de récréation, il y avait deux chemins. L'un menait directement au rez-de-chaussée, l'autre passait par un long couloir où se trouvaient le bureau du conseiller et l'infirmerie, puis des escaliers. Liz prenait ce dernier. Gloria et June se sont toujours dit qu'elle faisait exprès pour ne pas les croiser, sans savoir pourquoi.

Quelques semaines plus tard, elle est revenue leur parler comme si rien ne s'était passé. Et cette boucle sans fin se répétait. Malgré cela, Gloria et June sont restées amies avec elle. Nonobstant le fait qu'elles étaient réellement fatiguées de ses changements d'attitude répétitifs. Elles ont essayé de lui parler, mais c'était impossible. Liz les prenait toujours de haut et ne les écoutait pas. Elle leur donnait des excuses sans explications. Seulement, les excuses ne suffisaient pas pour tout réparer.

June revient sur terre après s'être remémorée ce mauvais souvenir. Elle s'en souvenait comme si c'était hier, compréhensible, car ce fut le début de la boucle sans fin.

— Je pense que ça recommence, finit-elle par avouer.

— Tu penses ? demande Gloria.

— J'en suis pas certaine, c'est seulement une hypothèse. Mais j'avoue que ça fait quand même un bon moment qu'elle s'est calmée.

— Vous parlez de quoi ? questionne Jacks, confus.

— Rien, c'est une longue histoire, répond Gloria, définitivement.

Mais June, inquiète, relance la conversation, ce qui agace légèrement Gloria.

— Peut-être qu'elle ne va pas bien, t'en penses quoi ?

— Mais non ! Je sais pas pourquoi elle fait ça, elle veut juste créer des problèmes ! June, stupéfaite, ne répond rien.

— Je suis désolée d'être franche, mais elle est purement égoïste, lâche-t-elle à bout de nerfs.

Voyant que cela a blessé son amie, Gloria essaie de rattraper son mauvais geste.

— June, je suis désolée si j'ai pu dire quelque chose de blessant. Mais je sais que Liz t'a fait du mal, tout comme à moi, en s'isolant et devenant agressive. On ne méritait pas ça et franchement, on a été très gentilles avec elle, conclut-elle avant de poser sa main sur la table.

— Je sais, je ne suis pas en colère contre toi pour ce que tu as dit, avoue June, ne voulant pas paraître trop méchante et la blesser.

— Bon ! Passons, sinon notre journée risque d'être longue. Venez, on va faire les boutiques !

— Moi, je vous laisse ! J'ai des choses à faire, répond Jacks en regardant sa montre.

June se contente de hocher la tête en souriant pour accepter. Ils finissent par sortir et parcourent quelques rues pour arriver au centre-ville. De nouvelles décorations d'Halloween ont été placées.

— Ah, c'est vrai que c'est bientôt Halloween ! affirme Gloria.

Elles avaient oublié. Heureusement que les citrouilles et les enfants déguisés étaient là pour leur rafraîchir la mémoire.

— Oh non, June ! Je viens d'y penser, tu ne seras pas là pour notre soirée habituelle !

À chaque fin d'octobre, les filles organisent une soirée où tout le monde doit choisir un thème pour porter un costume. L'an dernier, Jacks portait le costume de Michael Myers. C'était tellement ressemblant que ça avait effrayé tout le monde. Le plus drôle, c'est qu'ils avaient regardé le film Halloween cette même soirée.

— Ce n'est pas si grave, on le fera une prochaine fois !

Elles pénètrent dans une boutique spécialisée pour faire des poses et des photos. Il y a plusieurs fauteuils et dossiers pour s'allonger ou s'asseoir afin de poser. Elles y allaient très souvent, ça les amusait. June commence. Elle s'assoit sur un fauteuil sombre qui s'harmonise avec sa tenue tout aussi sombre, puis pose ses coudes sur les accoudoirs de chaque côté. Gloria prend une photo avec son téléphone et lui montre en commentant :

— Ta tenue va trop bien avec !

June portait un ensemble noir, une veste et un pantalon en tissu, accompagné d'un haut blanc et d'un collier argenté en chaîne. Gloria poste la photo automatiquement dans sa story. Et elle se rend compte qu'elle a déjà deux vues. La première chose qu'elle fait, c'est de cliquer pour voir qui c'est. Un clic. Deux vues. Deux personnes, et un choc.

— C'est une blague ? affirme Gloria d'une voix remplie de haine et de déception. June fait volte-face pour voir son amie.

— Qu'est-ce qu'il y a ?

— Liz a regardé ma story.

Les yeux de June s'agrandissent.

"Franchement, elle a du culot," dit son amie, déçue. En s'empressant de rassurer June, elle continue :

— Ouvre les yeux, June. Elle va très bien. Elle a probablement trouvé d'autres amis, et quand ils ne sont pas disponibles, elle revient vers nous. Elle se sert de nous, répète-t-elle avec assurance.

Elles passent ensuite à autre chose et continuent leurs activités.

Liz, allongée sur son lit, regarde son téléphone pour passer le temps. Le silence règne en maître dans sa chambre, apaisant. Mais il est rapidement brisé par des cris éclatant dans l'appartement. Ils deviennent de plus en plus forts. Liz met rapidement son casque pour les étouffer, mais les cris sont bientôt remplacés par un bruit sourd, comme si quelque chose s'était cassé ou était tombé. Son cœur s'emballe, et l'angoisse s'empare d'elle. Elle se redresse difficilement et, par automatisme, pousse son bureau devant la porte. Juste au cas où.

Elle retourne sur son lit, cette fois-ci s'asseyant, fixant la porte blanche.

TIC TAC TIC TAC.

Aucun bruit. Néant. Mais ce silence ne la soulage pas, au contraire, il l'angoisse encore plus. Le bruit sourd, suivi d'un silence trop pesant.

Puis la poignée de la porte s'enclenche. Elle déglutit, son visage s'assombrit. Mais le bureau empêche la porte de s'ouvrir. La voix rauque de son frère retentit :

— Qu'est-ce que tu fais ? hurle-t-il.

Va-t'en. Va-t'en. Va-t'en, pense-t-elle. Pourquoi ne vas-tu pas consulter au lieu de me faire vivre un enfer ? Son frère est très violent, et sa colère détruit toute la famille.

En quelques secondes, la voix de l'espoir retentit. C'est sa voisine.

— Liz ? Viens.

Liz ouvre la porte. Son frère Levi, ivrogne et saoul, se tient étrangement, prêt à tomber mais restant debout. Liz se dirige vers la sortie, et dès qu'elle aperçoit Kiera, elle la serre fortement dans ses bras, appelant à l'aide sans mots.

— Ma douce, viens, je vais te préparer un bon chocolat chaud, dit-elle d'une voix apaisante.

Toujours dans les bras de Kiera, elles s'avancent vers l'appartement de celle-ci, qui se trouve en face. Kiera installe Liz sur le canapé avec un plaid.

— Je suis désolée pour le bruit.

— Ce n'est pas de ta faute, ma douce, ne t'excuse pas pour ça.

Kiera alluma de l'encens pour parfumer la pièce et s'installa aux côtés de Liz.

— Comment se fait-il que tu ne sois pas sortie avec tes amies aujourd'hui ?

— J'avais besoin d'être seule. Malheureusement, avec Levi... c'est compliqué de me reposer.

— Je comprends... mais fais attention à ne pas trop t'isoler.

— Si je reste avec elles, ce ne sera pas mieux, dit Liz d'un ton abattu.

— Pourquoi ?

Liz commença à expliquer sa situation. La "boucle" que ses amies mentionnaient était en réalité une crise, une crise qui approchait à grands pas. Pour les autres, comme pour elle, c'était un mystère. Liz pouvait être très sociable et abordable, mais aussi extrêmement introvertie et froide. Les relations la comblaient autant qu'elles la détruisaient. Paraître froide était sa manière de se protéger. Pour elle, "autrui" était synonyme de désastre, de danger. Elle ne savait plus si les interactions étaient faites pour elle, ne savait plus comment sociabiliser. Comment se comporter ? Qu'est-ce qu'il fallait faire pour plaire ? Comment aborder une conversation ?

Ils doivent sans doute penser que je suis ennuyeuse, se disait-elle.

Mais ce qu'elle savait, c'est que cette situation la faisait souffrir au point de s'autodétruire pour ne pas blesser les autres. Alors, elle fuyait pour se protéger. Et quand la crise se calmait, une solitude envahissante s'installait, accompagnée de regrets hantants. Comme un fantôme au milieu d'une foule agissante. Elle n'aimait pas en parler, de peur qu'on la traite de folle. Seule Kiera semblait comprendre.

— Qu'est-ce qu'il s'est passé ? demanda Kiera après avoir écouté Liz.

— Comment ça ? Il ne s'est rien passé entre elles et moi, c'est moi le problème...

Kiera ne la laissa pas finir et reposa sa question.

— Tu n'as pas compris. Qu'est-ce qu'il s'est passé pour que tu sois comme ça ?

Cette question toucha profondément Liz. Personne ne lui avait vraiment posé cette question. Personne ne s'était intéressé à elle comme le faisait Kiera. Savoir que, enfin, quelqu'un comprenait qu'elle agissait ainsi pour une raison réchauffait son cœur. Des larmes montèrent à ses joues et commencèrent à dévaler. Des larmes amères.

Kiera s'approcha d'elle, lui caressant le bras pour la rassurer. Liz sursauta et se crispa, alors Kiera retira sa main et continua de lui parler.

— Tu n'es pas obligée de m'en parler, poursuivit-elle, mais je peux rester à tes côtés.

Elle le remercia de plus belle.

— J'ai l'impression d'être méchante avec les gens que j'aime.

— Non, tu n'es pas méchante, affirma cette dernière d'une voix métallique, c'est ton mal-être qui se reflète à travers ton attitude.

Chapitre 4 – Vents brulant

C'était le jour tant attendu, le jour où June allait enfin réaliser son rêve. Sortant de sa torpeur malgré sa fatigue, elle se leva à trois heures du matin, une heure où elle dormait habituellement. Mais ce jour était spécial. Sa valise était prête, tout était prêt. Sa mère et son amie Gloria devraient bientôt arriver devant chez elle. Le trajet serait certainement long, c'est pourquoi elle avait pris de quoi s'occuper : un carnet de croquis, un carnet pour écrire, un mp3, et son ordinateur pour regarder des vidéos ou des films.

Elle devait d'abord prendre l'avion pour traverser l'océan, un vol de deux heures et demie, puis ensuite un train pendant huit heures. L'avion ne la dérangeait pas, surtout qu'elle ne l'avait jamais pris. En revanche, elle savait que le train serait pénible, d'autant plus que c'était celui réservé pour les nouveaux étudiants de l'Academic Souls. Elle reprit ses esprits, s'étira pour réveiller son corps encore endormi.

Elle se rafraîchit le visage avant de se diriger vers la cuisine pour se préparer un cappuccino. Impatiente, elle fixa la boisson qui se déversait dans la tasse fleurie. Lorsque la machine s'arrêta, elle prit la tasse et but son contenu. Elle enfila son masque et mit de la musique pour se réveiller davantage. Pendant que la boisson refroidissait, elle enfila sa tenue favorite qu'elle avait préparée pour aujourd'hui : un pantalon en tissu brun tenu par une ceinture vintage, avec un pull ébène et un tailleur. "Slow Down" de Chase Atlantic résonnait dans ses oreilles.

Craignant d'être en retard, elle guettait la pendule et son téléphone toutes les deux minutes. Elle finit sa boisson, puis prépara ses valises à l'extérieur.

Ça y est... C'est bientôt...

La voiture de sa mère apparut dans son champ de vision.

Ça y est...

Sa mère descendit, tandis que Gloria restait à l'arrière. Sa mère lui demanda de poser ses affaires dans le coffre en l'ouvrant.

Même pas un bonjour ? Un ça va ?

Après avoir tout mis et vérifié pour la cinquantième fois, June s'assit enfin et respira un bon coup, grâce à sa mère. Flore tenta de la rassurer en lui murmurant à l'oreille : « Non, tu n'as rien oublié, c'est dans ta tête. » Mais quand June était en pleine bataille contre l'angoisse, c'était toujours l'ennemi qui gagnait.

June programma le GPS pour se diriger vers l'aéroport.

Ça y est...

Le GPS affichait une carte...

Ça y est... Bientôt.

La carte était erronée.

Bordel.

Le GPS refusait de se réactualiser. Son cœur s'emballa alors qu'elle commençait à s'agacer.

— GPS de merde, pensa-t-elle.

Elle relit les informations et remarqua qu'elle avait ajouté un 't' au nom de l'aéroport... Le problème venait d'elle, pas du GPS. C'était le stress qui lui jouait des tours. Elle reprit ses idées en main, prit un long souffle et observa les lumières tamisées des lampadaires. Flore démarra la voiture. Elles devraient arriver vers cinq heures. Son vol était à six heures.

Malgré la nuit, il y avait beaucoup de circulation, ce qui la stressait davantage. Le trajet semblait interminable. June se mordillait la lèvre et se triturait les mains. Gloria, toujours derrière, répétait son même discours pour la rassurer. Mais malgré leurs paroles réconfortantes, une barrière invisible se dressait entre June et leurs mots. Elle écoutait sans comprendre, son cerveau assimilait mais ne traitait pas, laissant tout de côté.

June acquiesçait, feignant d'être soulagée pour ne pas les contrarier ni attirer de la pitié, car ce n'était pas ce qu'elle souhaitait.

Ils arrivèrent enfin au parking de l'aéroport. Perdue dans ses pensées, June ne l'avait pas remarqué. Ses proches la coupèrent de ses idées tourmentées. Elles se dirigèrent vers l'entrée, fermée. June appuya sur le bouton à côté de la porte, déclenchant une sonnerie désagréable. La sécurité leur ouvrit et réclama leurs cartes d'identité pour éviter toute intrusion, puis les laissa entrer.

June observait tout ce qui l'entourait, cherchant le numéro de son vol sur le panneau. Elle le repéra avec difficulté et se dirigea vers le comptoir. Mais une énorme foule s'agglutinait devant celui-ci.

Au diable, pensa-t-elle tout bas.

— Venez, asseyons-nous. Hors de question que j'attende debout pendant des heures.

— On ne peut pas. Sinon, d'autres gens prendront notre place et tu perdras du temps, déclara Gloria, soutenue par Flore.

June souffla d'exaspération. Un rictus se forma sur sa mâchoire, et ses yeux, vides de fatigue, témoignaient de son épuisement. Elle pénétra dans la foule, et lorsqu'elle se retourna, elle remarqua que ses proches l'avaient suivie.

— Vous n'êtes pas obligées de rester ici. Vous pouvez partir.

— Ne t'inquiète pas, ça ne nous dérange pas, répondit sa mère d'un ton calme, presque inaudible sous les bruits étouffants de la salle. Une bonne heure s'écoula avant que ce soit enfin le tour de June.

— Bonjour ! affirma une voix. Madame ? ajouta-t-elle, car June, ailleurs, n'avait pas entendu.

— Ah, bonjour ! répondit-elle à haute voix pour se faire entendre malgré les nombreux bruits environnants.

— Nom et prénom, s'il vous plaît, demanda-t-elle en prenant son calepin.

— June Nyx.

La jeune dame nota ses informations au fur et à mesure. Elle enregistra ses bagages, passa sa valise sous une machine, puis obtint une carte d'embarquement.

— Lorsque vous entendez l'appel de votre vol, dirigez-vous ici, à la voie 4, indiqua-t-elle en montrant de la main.

June avait enfin la possibilité de s'asseoir. Mais maintenant, il fallait encore attendre... une heure. C'était son plus grand défaut : se focaliser sur les inconvénients plutôt que sur les avantages. Le négatif plutôt que le positif. Et elle ne pouvait pas s'endormir, de peur de rater son vol.

Elle était la lune, ou plutôt la fille de la lune. Lorsqu'elle se réveillait, elle ne voyait que l'obscurité qui l'entourait. Contrairement au soleil, qui ne voyait que la lumière qu'il produisait. Son paysage assombri était désolant, mais elle n'avait aucune excuse à offrir, seulement des remarques et des reproches. Elle en voulait à la lune de la cloîtrer dans un trou noir, sans se rendre compte que ses propres pensées en étaient la cause.

Une heure de plus. Enfin, son cœur s'emballa lorsqu'elle entendit l'appel de sa voie. Non pas parce qu'il s'arrêtait de battre, mais parce qu'il était envahi par une montée d'espoir après un profond désespoir. Elle pénétra dans l'avion, déjà bondé, et chercha son numéro de place : N34 Voie B. En étant attentive aux pancartes, elle comprit qu'elle était dans la voie A. Elle marcha le long de l'avion jusqu'à trouver sa place, située vers le fond de cette voie. Elle espérait de tout cœur que sa place serait côté fenêtre.

Plus elle avançait, plus elle se sentait rassurée et enjouée. Sa place était côté fenêtre, c'était un miracle. De plus, il n'y avait personne à côté d'elle. Enfin... pas pour longtemps. Une dame âgée s'assit à côté d'elle, dessinant un sourire scintillant sur ses lèvres, ce qui réconforta encore plus June. Épuisée, June posa sa tête contre la paume de sa main, le coude appuyé sur un dossier. Ses yeux se fermèrent malgré la voix d'une jeune hôtesse de l'air, probablement, qui résonnait pour donner des informations concernant le départ. Mais elle tomba tout de même dans les bras de Morphée.
6:58.

Un bruit assourdissant sort June de son sommeil. Ses yeux, éblouis par les lumières tamisées, clignent plusieurs fois avant de s'ouvrir pour de bon. Elle observe ce qu'il y a autour d'elle. La dame à côté d'elle lit un livre à la couverture brodée. Les autres regardent leurs téléphones, certains l'écran posé sur le siège devant eux, d'autres dorment. Et les enfants jouent sur leurs téléphones. Après avoir repris conscience de son environnement, elle boit de l'eau pour se rafraîchir et hydrater sa gorge desséchée. Puis ses yeux se fixent sur les nuages à travers le hublot. Elle flotte dans l'air.

Il reste environ 1h30. Elle sort son ordinateur de son sac en toile et cherche des vidéos et images de l'académie pour se familiariser dès maintenant. Malgré les heures passées à le faire, elle ne s'en lasse pas. Elle passe son temps à scroller des images spécialement pour l'esthétique des académies, souvent appelées "Dark Academia" et "Light Academia". Les décors sont souvent sombres, avec des tableaux d'art, des bibliothèques gigantesques… Tout ce qu'elle désire.

Elle ne sait pas encore à quoi ressemble l'intérieur de l'école. Les images du site ne montrent que l'extérieur, semblable à un château par sa grandeur et ses formes. Le jardin est fleuri, avec deux douves et plusieurs chemins bordés d'arbustes. L'intérieur de l'école n'est révélé que par une seule image, montrant un long escalier courbé.

Après quelques minutes, elle change d'activité et commence à écrire quelques lignes, inspirée par une image. Un ange déchu, à la recherche de ses ailes manquantes. Elle scande ses idées au rythme de ses pensées défilant dans sa tête.

Une jeune hôtesse de l'air arrive avec quelques gourmandises et boissons sur une charrette probablement lourde. June réclame sa boisson habituelle, accompagnée d'un donut. Sa voisine a déjà préparé des provisions : chips, biscuits… En remarquant que June regarde sa nourriture, elle lui propose gentiment.

— Oh non merci ! Mon donut me suffit, c'est gentil.

Sa voisine engage la conversation.

— J'aime beaucoup votre tenue ! Elle est très élégante. Ça me fait penser à ma fille, elle aime beaucoup ce genre de vêtements.

— Merci beaucoup, répond June, satisfaite.

— Vous vous appelez comment ?

— Je m'appelle June, et vous ?

— Oh, on peut se tutoyer ! Moi, c'est Audrey, affirme-t-elle d'une voix douce et apaisante. Tu pars à Owuan pour voyager ?

— Ah non, j'y vais pour mes études ! Je rentre dans une nouvelle école.

— C'est génial, félicitations !

June la remercie pour sa bonté.

— J'ai tellement hâte d'y aller ! C'était mon objectif depuis que j'étais collégienne !

— Oh, tu vas réaliser un rêve d'enfant ! C'est quelle école ? demande-t-elle avec la même voix.

— Academic Souls, dans la ville de Breudand.

Oh, c'est cool, dit-elle.

Le reste du trajet se passe sans encombre. Elles retournent à leurs activités après la conversation. Une demi-heure passe vite avant que l'avion n'atterrisse. June récupère ses affaires placées en hauteur. Alors qu'elle s'apprête à partir, Audrey l'interrompt.

— Bonne continuation, prends bien soin de toi.

Après l'avoir remerciée, June descend les escaliers de l'avion avec difficulté, entourée de monde. Elle se dirige vers l'aéroport.

Encore des attentes. Moins longues que les précédentes. Comme d'habitude, une vérification d'identité et des bagages s'impose. Enfin, avec le cœur léger, elle quitte le bâtiment. Maintenant, direction le taxi. Normalement, il se trouve à quelques minutes à pied. Elle demande à quelques passants la direction puis parcourt quelques rues avant d'y accéder. C'est un long trottoir où plusieurs taxis sont garés, chacun avec un chauffeur costumé debout à côté. Elle demande à l'un d'eux sa destination, et après acceptation, elle paie et monte. Les portes s'ouvrent vers le haut. Elle s'installe et boucle sa ceinture.

Quelques minutes plus tard, elle se retrouve dans une petite gare où un panneau d'un rouge sombre affiche "Academic Souls". Son cœur s'enflamme, et ce feu ne va pas s'éteindre de sitôt. Rien que le nom de l'école lui donne des papillons dans le ventre. Elle se précipite pour regarder les panneaux d'affichage et, comme prévu, il y a un train à 10h. Il est 9h22.

La gare est remplie de jeunes gens, tous bien habillés, probablement de futurs étudiants. La plupart portent des costumes ou des tailleurs, tandis que d'autres arborent des tenues classiques avec des accessoires comme des cravates. Certains se connaissent déjà, ou ont déjà fait connaissance. D'autres lisent, regardent leurs ordinateurs, ou griffonnent dans leurs carnets. June, avec l'aisance habituelle, sirote une boisson chaude qu'elle a prise à un distributeur. Elle s'adosse à un dossier vert foncé et allonge ses jambes. Elle enfile son casque et lance une musique de sa playlist spéciale voyage.

— Lana Del Rey - Cherry

Sur le mur, de nombreuses affiches de l'académie montrent quelques aperçus de l'intérieur, toujours aussi grandiose et fabuleux. Des petits papiers sont posés sur une étagère. Elle en prend un et y jette un coup d'œil. Il détaille les différentes activités que l'école propose : des tournois d'échecs, des visites guidées au

musée Souls, des concours pour musiciens, et bien d'autres choses
comme des ateliers d'écriture et de lecture. Ce qui l'intéresse le
plus, ce sont les ateliers de musique et d'écriture. Ce sont des sujets
qu'elle admire et qui lui réchauffent le cœur chaque fois qu'elle a
l'occasion d'en parler. Malheureusement, cela arrive rarement car
personne dans son entourage ne partage les mêmes passions
qu'elle. C'est pourquoi son cœur brûle d'envie à l'idée qu'elle sera
entourée de nombreuses personnes partageant ses intérêts.

Elle reste ainsi pendant les minutes d'attente, se laissant entraîner
par le rythme de la musique. Elle est dans son monde, éloignée du
monde extérieur. Elle sort de son univers lorsqu'elle entend la voix
d'une femme résonner dans la gare.

— Le train A1 va bientôt arriver. Vérifiez que vous n'avez rien
oublié, et n'oubliez pas vos affaires. L'académie Souls vous
accueille à bras et cœur ouverts. Bienvenue chez nous.

C'est bientôt le moment. Les autres passagers se placent déjà
devant la ligne blanche qui sépare le trottoir des rails. Un bruit
sourd se fait entendre, s'intensifiant à mesure que le train approche.
Un laps de temps plus tard, le train s'arrête et tout le monde monte
à bord. June cherche un endroit moins bondé et trouve une place
avec quatre sièges disponibles autour. Elle s'installe côté fenêtre et
jette un coup d'œil furtif à son téléphone. À sa surprise, elle
remarque qu'elle a reçu quatre notifications depuis deux heures. Ce
n'est pas le nombre de messages qui l'étonne, mais la personne qui
lui a écrit.

— Liz Snow : Salut ma petite June, je suis vraiment désolée de ne
pas avoir été présente aujourd'hui. J'espère que tu ne m'en veux
pas, j'ai eu quelques imprévus. Passe un merveilleux séjour et une
bonne scolarité. On se tiendra au courant, je l'espère.

Ce message la soulage. D'abord pour avoir des nouvelles, mais
aussi pour les jolis mots qui la touchent. Elle ne comprend toujours

pas pourquoi Liz a ces périodes d'absence. Pourtant, elle sait que Liz n'est pas mauvaise, qu'elle a bon cœur. Chaque fois qu'elles se promènent en ville et croisent un sans-abri, Liz donne de la nourriture ou de l'argent, malgré son propre manque de moyens. Liz est de ces personnes qui préfèrent donner aux autres plutôt que de s'enrichir elles-mêmes.

— Merci beaucoup pour ton message. Je ne t'en veux pas, prends bien soin de toi, répond-elle.

Elle éteint son téléphone et, en tournant la tête, aperçoit une jeune fille à l'air timide et tendu qui semble vouloir lui parler, mais hésite.

— Oui ? demande June.

— Je... bégaye-t-elle, je peux m'asseoir en face de vous ? Il n'y a pratiquement plus de places libres…

— Oui, bien sûr !

La jeune fille sourit, hoche la tête, et s'assoit en face de June.

— Je ne mange personne, t'inquiète pas… sauf peut-être quelques-uns de mes personnages, glousse June.

La jeune fille aux iris ébène rit aux éclats avant de poursuivre la conversation.

— Tu écris quoi ?

— Je suis une auteure engagée, répond June. J'écris sur des thématiques importantes, en ajoutant une touche d'humour ou de poésie pour alléger le tout.

— C'est tellement utile de faire ça ! Tu fais un peu le porte-parole des silencieux !

Cette phrase touche particulièrement June. Elle n'avait jamais pensé à cela : porte-parole des silencieux.

— C'est exactement ça ! Et toi ?

— J'écris de la dark romance et de la fantasy.

La dark romance est un sous-genre de la romance que June n'apprécie pas énormément. En revanche, elle aime beaucoup lire de la fantasy.

— Oh, j'adore lire de la fantasy. Tu es publiée ou tu écris seulement pour toi ?

— J'ai publié un écrit sur la plateforme Midnight Case.

Midnight Case est une plateforme dont June a beaucoup entendu parler. Elle regroupe des auteurs amateurs et permet de publier des écrits pour recevoir des avis d'autres écrivains.

— Ah oui, je connais ! Je ne l'ai jamais utilisée.

— Tu es publiée, toi ?

— Non, j'ai toujours gardé mes écrits pour moi. C'est pourquoi entrer à l'académie me permettrait enfin de me faire lire.

— Oui, c'est sûr, affirme-t-elle d'un ton faible.

La voix de l'annonce retentit à nouveau :

— Chers passagers, le train va maintenant démarrer et a pour seul arrêt l'Académie Souls. Nous vous souhaitons un agréable voyage.

Le wifi est disponible, et le site vous propose des films,
documentaires et séries à regarder gratuitement. Et bien sûr, dans le
thème.

Alors que le train démarre et que les passagers sont tous installés et
prêts pour le long trajet, la jeune fille blonde soupire.

— Bon courage... dit-elle, désespérée.

En fin de compte, June n'était pas la seule à redouter la durée du
voyage.

Chapitre 5 – fanatique

Alors que June émerge de sa torpeur, elle remarque que le paysage qui défile à travers la vitre brumeuse a changé. Les couleurs et les arbres sont différents. Tout semble plus angélique et vertueux. Les arbres, autrefois abîmés et dénudés, sont désormais solides et somptueux. La couleur auburn domine partout. C'est comme si, en un instant, elle s'était inconsciemment téléportée dans un autre univers caché de son pays natal.

— Tu as vu comme les arbres ont changé ! déclare la jeune fille qui regardait une série sur son écran.

— Oui, c'est incroyable ! répond June, émerveillée.

La jeune fille aux taches de rousseur dissimulées par son teint de porcelaine détourne son regard de la vitre pour le poser sur June, puis sourit.

— Comment tu t'appelles, d'ailleurs ?

— June, June Nyx.

— C'est un joli prénom ! Moi, c'est Leslie Weather.

Alors que June s'apprête à répondre, l'intérieur du train devient soudainement sombre. Pendant quelques secondes, le train traverse un tunnel lugubre.

— Merci, le tien aussi !

Un bruit sourd retentit avant que le train ne sorte définitivement du souterrain.

— J'ai tellement hâte ! s'enthousiasme Leslie.

— Je me demande si notre nouvelle vie d'étudiantes ressemblera à celle des séries, ricane-t-elle.

June éclate de rire.

— Comme dans Harry Potter ?

— Ou même Mercredi ?

— Oh non, Mercredi, j'ai regardé un seul épisode et j'ai vite laissé tomber, pouffe Leslie.

— Ce n'est pas vrai ! Comment ça se fait ? s'étonne June.

— Je n'ai pas aimé... avoue-t-elle doucement pour atténuer ses propos. Ce n'est pas mon style.

— Tu n'es pas normale ! plaisante June. Je rigole, chacun ses goûts, comme tu dis.

Alors que June se sent apaisée en discutant avec Leslie, elle remarque qu'un garçon l'observe de loin. Son regard est fixé sur elle, absent, déconnecté du monde. Ses mains tiennent un calepin et un stylo plume. Quelques minutes après, il s'aperçoit que June l'a remarqué et détourne rapidement son regard, comme un artiste s'inspirant de ses égéries.

June, nerveuse, se perd dans ses pensées : ai-je quelque chose sur moi ? Ai-je parlé trop fort ou dit quelque chose de mal ? Ses pensées sont interrompues par Leslie qui reprend la conversation.

— Tu te fais déjà remarquer, à ce que je vois ! dit-elle avec un clin d'œil amusé.

June sourit timidement.

— Je me demande ce qu'il dessinait... ou écrivait.

Leslie jette un coup d'œil furtif vers le garçon et hausse les épaules.

— Peut-être un poème ou un croquis de nous deux en train de discuter. Qui sait ? Les artistes sont souvent mystérieux.

June acquiesce, tentant de chasser sa nervosité.

— En tout cas, ce voyage me semble déjà plein de surprises, conclut-elle.

Le train continue sa route à travers les paysages enchanteurs, transportant ses passagers vers une nouvelle aventure, chaque instant les rapprochant un peu plus de l'Académie Souls et de tout ce que cette expérience allait leur offrir.

— Tu voudrais faire quoi comme métier, d'ailleurs ? Autrice ?

— Être autrice est déjà un métier pour moi, peu importe que je sois publiée ou non, ou que j'écrive 1 ou 1 000 mots par jour, je me considère comme une autrice, répondit-elle d'une voix affirmée. Mais évidemment, il me faut un métier pour subvenir à mes besoins. J'aimerais être journaliste. Et toi, que voudrais-tu faire ?

— Moi, j'aimerais travailler dans la psychologie, pour analyser les comportements des gens et mieux les comprendre afin de mieux communiquer.

— C'est très intéressant ! C'est un sujet qui me passionne autant que la littérature et le journalisme.

Les heures passent et elles finissent par s'assoupir d'épuisement. Des bruits assourdissants et des agitations les réveillent. Les passagers, enjoués et excités, se réjouissent. Leslie regarde son téléphone et s'exclame :

— Déjà !

— Qu'est-ce qu'il y a ? demande June, encore affaiblie.

— On est bientôt arrivées, je pense, répond Leslie en rangeant son téléphone.

Elle observe l'extérieur et voit que le train est entré en gare. Des vitrines et des cafétérias bordent les rails. L'excitation de June grandit à mesure que l'académie approche.

Enfin, la même voix qui les a accueillies résonne à nouveau :

— Passagers, passagères, vous êtes arrivés à votre destination finale. N'oubliez pas vos affaires. Nous vous souhaitons une bonne continuation à l'Académie Souls.

Le train s'arrête. Tout le monde se lève pour récupérer leurs affaires et quitte le train lorsque les portes glissantes s'ouvrent. Les étudiants suivent les panneaux d'indication vers l'académie.

Après quelques minutes de marche rapide, un établissement de la grandeur d'un château apparaît dans leur champ de vision. Sa majesté et sa beauté attirent tous les regards. Les étudiants, éblouis, avancent vers le portail coulissant. June et Leslie, placées derrière, essaient de se frayer un chemin pour voir ce qui se passe devant. Une voix grave et autoritaire se fait entendre :

— Bonsoir à toutes et à tous, nous vous accueillons à cœur ouvert pour votre première année à l'Académie Souls.

Un bruit de glissement retentit et le portail s'ouvre.

Les étudiants s'engouffrent dans le jardin de l'école, large et élégant, avec des fleurs, de la verdure, des coins d'eau et des arbres bien agencés. Les verdures entourent un fossé peu profond recouvert d'eau. June aperçoit enfin l'auteur de la voix : un jeune homme à la carrure imposante.

Il se tient devant eux, vêtu d'un uniforme impeccable, sa présence imposante et son regard bienveillant captant l'attention de tous. Il les guide à travers le jardin, partageant des anecdotes sur l'histoire de l'académie et les différentes activités proposées.

June et Leslie échangent des regards complices, leur excitation grandissant à chaque pas.

— On dirait un véritable conte de fées, murmure June.

— Oui, je me sens comme une héroïne d'histoire, répond Leslie avec un sourire éclatant.

Alors qu'ils approchent des portes principales de l'académie, le jeune homme s'arrête et se tourne vers eux.

— Bienvenue à l'Académie Souls. Ici, vos rêves prennent vie. Préparez-vous à une année exceptionnelle.

Les portes s'ouvrent sur un hall grandiose, où des lustres étincelants illuminent des fresques détaillées et des statues majestueuses. Les étudiants, éblouis, entrent avec émerveillement, prêts à commencer cette nouvelle aventure.

June et Leslie, placées derrière la foule, essayaient de se frayer un chemin pour voir ce qui se passait devant. Une voix grave et autoritaire se fit entendre :

— Bonsoir à toutes et à tous, nous vous accueillons à cœur ouvert pour votre première année à l'Académie Souls.

Un bruit de glissement retentit, et le portail s'ouvrit. Les étudiants s'engouffrèrent dans le jardin de l'école, large et élégant, avec des fleurs, de la verdure, des coins d'eau et des arbres bien agencés. La végétation entourait un fossé peu profond rempli d'eau. June aperçut enfin l'auteur de la voix : un jeune homme à la carrure imposante.

— Tout d'abord, je vais vous présenter le jardin, puis nous irons à la réception pour vous attribuer vos chambres. Ensuite, selon votre fatigue, nous verrons si nous faisons une visite de l'académie. La présentation des professeurs et les premiers cours auront lieu demain dès la première heure, dit-il avant de se diriger vers un chemin bordé d'arbustes.

Des statues décoraient le paysage. Ils firent le tour de l'école, et le directeur expliqua comment et par qui avaient été construits les bâtiments. Arrivés derrière l'immense académie, June fut attirée par un arbre couvert de fleurs améthystes, sublimes.

June, encore perdue dans ses pensées, fut ramenée à la réalité par Leslie. À l'intérieur, une marée de couleurs explosa comme un tableau d'art contemporain. Un long couloir, interminable, décoré de tableaux et de statuettes, baignait dans une lumière pâle provenant de lustres éthérés. Des bustes de cire bordaient les murs brun foncé.

— Voici le hall de l'académie, c'est l'entrée principale. Il y a d'autres entrées qui mènent aux jardins et aux boutiques.

Des boutiques ? Quel genre de boutiques se trouve dans une académie ? June se posait la question, tout comme les autres. Le jeune homme, comme s'il lisait dans ses pensées, se présenta enfin :

— Appelez-moi Mr. Scholer.

Il s'avança vers une porte boisée ornée de reliefs, chercha la bonne clé parmi un trousseau et déverrouilla la porte. Son bureau était du même style que le hall, avec des couleurs similaires et des tableaux d'art. Un bureau se tenait en face de la porte, devant une bibliothèque remplie de livres anciens. Une fenêtre à côté du bureau laissait entrer une lumière douce. L'endroit était impeccablement propre, témoignant d'un entretien minutieux.

Mr. Scholer se déplaça derrière son bureau, prit un tas de feuilles et commença à épeler des prénoms. À chaque fois que quelqu'un répondait, il posait des questions sur l'âge et la date de naissance.

Mr. Scholer reposa les feuilles et reprit la parole, appuyant ses poings sur la table.

— Je vais commencer par vous expliquer notre fonctionnement. Ensuite, je vous attribuerai vos chambres et vos classes, dit-il en ajustant ses bagues. Nous fonctionnons par années et par compétences. Il y a trois catégories : les élèves les plus anciens et expérimentés, ceux qui ont acquis les bases, et vous, les débutants. Vous devez acquérir trois compétences primordiales pour notre école.

Alors que Mr. Scholer poursuivait son discours, Leslie triturait ses mains humides.

— Plus vous avez de points, plus vous montez en niveau. Il faut cinq points pour arriver au niveau 2, expliqua-t-il en faisant des gestes de main.

Il reprit les feuilles et continua son discours. Lorsque deux jeunes filles bavardèrent, il n'hésita pas à montrer son autorité, ce qui surprit plus d'un.

— Vous deux ! hurla-t-il en pointant du doigt les coupables, dans le bureau !

Plusieurs sursautèrent, et les deux jeunes filles, tremblantes, se dépêchèrent de s'en aller. Cependant, elles se trompèrent de direction, ne connaissant pas encore l'académie. Le directeur s'empressa alors de leur indiquer le bon chemin.

Après un bref silence, il reprit sa parole imposante, en craquant son cou de chaque côté.

— Je disais, commença-t-il en soupirant d'exaspération, je vais maintenant vous attribuer vos chambres. Vous serez trois par chambre.

Il retourna la feuille et lut la liste des attributions de chambres avec un sourire malicieux.

— Chambre C.A..., énonça-t-il.

Soudain, une voix inconnue jaillit de l'arrière, dans la pénombre.

— Bonjour à vous, suivez-moi, déclara une femme.

Nous traversâmes le hall, baigné par les réverbères, jusqu'à arriver au fond d'un couloir interminable. Des escaliers recouverts de reliefs auburn nous accueillirent. Après avoir monté deux étages interminables, nous atteignîmes l'étage des chambres. Des tableaux de peintures acryliques couvraient les murs, et l'un en particulier attira mon attention. C'était le plus grand de tous : il représentait un homme dévêtu, debout, le poing levé, entouré de femmes allongées semblant essayer de se relever.

Arrivés à l'étage réservé aux chambres, la femme commença à épeler les numéros.

— La mienne, c'est la 6, se répétait June, craignant de l'oublier.

Ses pensées s'arrêtèrent lorsqu'elle entendit son numéro de chambre.

— Par ici, dit la femme en pointant du doigt une porte. Une pancarte confirmait ce numéro.

June se dirigea vers la porte, enclencha la serrure dorée et entra. Deux jeunes filles apparurent dans son champ de vision. La chambre était d'une dextérité impressionnante, mais l'une d'elles attira d'abord son attention.

— Bonjour, dit-elle d'une voix imposante et sérieuse. Je suis Shirley. Et voici Daisy, ajouta-t-elle en faisant un geste de la main vers l'autre fille.

Daisy, recroquevillée sur son lit, salua June d'un geste de la main, mais sans enthousiasme. Shirley remarqua rapidement le comportement déplacé de Daisy et tenta de la remettre en place.

— Daisy ! affirma-t-elle en haussant le ton, avec la même intonation sérieuse.

La fille aux cheveux rouges souffla d'exaspération et se redressa.

— T'es contente ? finit-elle par dire.

— Ne fais pas attention à elle, ajouta Shirley. Ton lit est juste ici, révéla-t-elle en montrant un lit au coin du mur.

Daisy se tourna à nouveau vers son lit et se cacha sous sa couette, éteignant sa lampe de chevet. Pourquoi est-elle aussi repoussante et frustrée ? se demanda June. Son comportement lui glaçait le sang. Peut-être n'avait-elle pas envie d'avoir quelqu'un d'autre dans la chambre. Mais en observant la réaction de Shirley, il était probable qu'elle soit toujours ainsi. Peut-être qu'elle n'était tout simplement pas sociable. Tout le monde ne peut pas l'être.

Le regard de Daisy était d'une noirceur intense, mais ses iris étaient vairons. Une marée monstrueuse semblait se cacher derrière ses yeux. C'était l'impression que donnaient ses traits et le froncement de ses sourcils.

June commença à poser sa valise sur le vaste lit, l'ouvrit et tria ses affaires avant de les ranger dans ses tiroirs et armoires.

— Tiens, dit Shirley en montrant une pile de vêtements. C'est l'uniforme que nous portons ici.

June prit l'uniforme et l'analysa comme une énigme. Il s'agissait d'une chemise blanche, accompagnée d'une veste bordeaux et d'une cravate à motifs. Pour le bas, une jupe assortie à la cravate, avec des collants transparents.

Elle se dirigea vers la douche pour enfiler sa nouvelle tenue, plus facile à mettre qu'elle ne le pensait. Devant le miroir, son reflet la réchauffa. Malgré les nombreux outfits qu'elle avait confectionnés auparavant, cette tenue devint sa favorite. En plus de sa beauté luxuriante, elle était incroyablement confortable.

Elle sortit de la salle de bain sous le regard enjoué de Shirley. Daisy avait toujours les yeux fermés.

— Tu aimes ? demanda Shirley, souriante.

— Oui, je n'ai jamais vu une aussi belle tenue, répondit June. Où dois-je mettre mes anciens vêtements ?

Shirley fit volte-face et pointa une armoire.

— Juste ici, ajouta-t-elle.

June ouvrit l'armoire et plaça ses vêtements sur les étagères du haut.

— Tu veux aller faire connaissance en bas ?

— Merci, c'est gentil... mais je suis fatiguée, je vais bientôt me coucher.

— La route a été longue, je vois ! Bon, je ne vais pas te déranger plus longtemps. Daisy et moi allons au cinéma ce soir, donc tu auras la chambre pour toi toute seule !

June acquiesça en guise de remerciement. Elle mit de côté le reste de ses affaires à ranger pour le lendemain, puis tomba d'épuisement sur le matelas, plutôt mou. Les autres étaient déjà parties. La fatigue accumulée durant la journée l'emporta.

Sept heures du matin, à l'Académie Souls

La lumière tamisée qui s'infiltre dans la pièce immaculée sort June de sa torpeur. En se retournant, elle remarque que les autres sont déjà levées. Après quelques minutes d'assoupissement, elle pose un pied sur le sol froid et poussiéreux. Une femme de ménage entre alors dans la chambre.

Enfin quelqu'un pour nettoyer toute cette poussière, pense-t-elle.

— Bonjour, dit la femme de ménage d'une voix nonchalante. J'attendais que vous soyez réveillée pour nettoyer votre chambre.

June se lève rapidement et se dirige vers la douche malgré sa vision floue. Elle ôte ses vêtements et enfile son nouvel uniforme. Heureusement, elle sait déjà comment faire un nœud de cravate, une passion depuis son plus jeune âge, quand elle s'amusait à porter les cravates de son père en cachette. Elle adore en mettre, mais n'osait pas à l'extérieur, ni même devant ses parents, par peur du jugement. Maintenant, elle peut enfin en porter sans se soucier des autres, ce qui la comble de bonheur.

Elle sort de la salle de bain, évite de déranger la femme de ménage et quitte la chambre. Le couloir est vide, mais des bruits et des chahuts se font entendre. Elle tente de se rappeler le chemin pour descendre au hall, mais Daisy apparaît soudainement.

— Oh Daisy, tu peux me dire où il faut aller ?

— J'ai l'air d'être un prof ? répond-t-elle en restant de marbre avant de rentrer dans la chambre et de claquer la porte, faisant sursauter June.

Pourquoi est-elle comme ça ? June est confuse et ne comprend pas pourquoi Daisy se comporte de cette manière. Qu'est-ce que j'ai fait ? se demande-t-elle.

Des ruminations surgissent alors qu'elle essaie de comprendre ce qu'elle a pu faire de mal pour mériter un tel comportement. Mais aucune réponse ne la satisfait. Elles ne se sont presque pas parlé depuis la veille. June décide de se débrouiller seule et prend la direction d'où Daisy est revenue. C'était effectivement le bon chemin. Lorsqu'elle arrive au rez-de-chaussée, les étudiants sont déjà présents.

Elle s'infiltre dans la foule agitée, essayant désespérément de voir ce qui se passe devant. Lorsqu'elle trouve enfin une bonne position, elle aperçoit quelques adultes. En se retournant, elle remarque le directeur qui tente de compter les élèves bruyants avant de rejoindre les adultes.

Il ajuste sa veste en cuir avant de prendre la parole au moyen d'un microphone :

— J'espère que votre première nuit s'est bien passée parmi nous. Comme convenu, les professeurs vont se présenter à vous, dit-il avant de passer le relais à une dame d'une quarantaine d'années.

— Bonjour à toutes et à tous, je me présente, je serai votre professeur d'art cette année. Nos cours se dérouleront en A3. Appelez-moi Mme Chapelle, dit-elle d'une voix douce.

Le second professeur, un homme plus âgé, enseignait la philosophie. Enfin, la dernière à se présenter était une enseignante de lettres.

— Suivez-moi, votre premier cours se déroulera avec moi, annonça Mme Chapelle.

Le premier cours eut pour sujet « À quoi sert l'art ? ». De nombreux élèves répondirent avec intellect et clarté, ce qui rendit June nerveuse. Être entourée de personnes si brillantes l'inquiétait ; elle imaginait déjà les nombreuses heures de travail à venir. Mais ce qui la marqua le plus fut un garçon aux cheveux blonds. Il parlait avec une éloquence remarquable et un langage soutenu, et ses connaissances en art étaient impressionnantes. Il se nommait Waren. Une autre élève, Shirley, la voisine de chambre de June, se montrait tout aussi brillante, malgré un langage moins sophistiqué.

À la sonnerie, les élèves se dirigèrent vers la cour pour la pause, sauf Shirley, qui se rendit à la bibliothèque. June chercha un coin tranquille où s'asseoir. En avançant, elle croisa Waren. Elle hésita à aller le voir, voulant complimenter sa manière de parler, qui l'avait profondément impressionnée. Mais elle craignait qu'il la prenne pour une fille bizarre. Alors qu'elle réfléchissait, elle se rendit compte qu'il la regardait. Par réflexe, elle détourna le regard et changea d'avis, par peur de mal faire. De loin, elle aperçut une vieille machine à café et s'y dirigea. Un cappuccino bien chaud ne lui ferait pas de mal en ce matin frais. Mais lorsqu'elle appuya sur le bouton, rien ne s'afficha sur l'écran. Elle tenta plusieurs fois, en vain. Soudain, quelqu'un surgit derrière elle.

— Il faut mettre les pièces et appuyer sur ce que tu souhaites ensuite, dit Waren.

— Ah, merci ! dit-elle, surprise.

— Je t'en prie, répondit-il.

June profita de cet instant pour mieux l'observer. Ses yeux étaient d'un vert perçant, et sa mâchoire était définie de manière sophistiquée.

— Je peux te tutoyer ? demanda-t-il d'un air charmant.

— Oui, bien sûr, je ne suis pas vieille ! gloussa-t-elle.

Il sourit et continua la conversation.

— Puis-je savoir ton prénom ?

— June, répondit-elle.

— Très joli.

Un sourire se dessina sur ses lèvres en guise de réponse.

— D'ailleurs, je voulais venir te parler tout à l'heure, mais ma timidité me freine. Je voulais te dire que ta façon de parler me fascine, avoua-t-elle avec soulagement.

Il sourit avant de répondre :

— Merci pour tes impressions sur mon expression verbale. Je dois avouer que c'est grâce à la lecture de nombreux vieux livres que je m'exprime ainsi.

— J'aime aussi lire, mais je ne parle pas comme ça ! Je préfère écrire, dit-il avec enthousiasme.

— Écrire fait aussi partie de mes passions. J'écris parfois des poèmes en prose ou en vers libre.

— J'aimerais bien les lire !

— Je te les montrerai, seulement si tu me montres les tiens, conclut-il avec un sourire.

Quatorze heures vingt-deux, au café de l'Académie

Un froid glacial s'est installé à l'académie depuis ce matin. En plus
de leurs tenues vestimentaires habituelles, la plupart des étudiants
ont ajouté des gilets ou des pulls à col roulé par-dessus leurs
vêtements. June, assise sur une vieille chaise près d'une table en
bois, déguste cette fois-ci un café. À l'affût, elle épie tout ce qui
l'entoure. Certaines personnes écrivent ou dessinent sur leurs
calepins, d'autres se contentent de grignoter et de discuter. June
ressent l'envie de rencontrer et de découvrir ces personnes qui ont
tous l'air intéressants, mais la peur pervertit ses actions. Elle se met
des limites elle-même, par peur de déranger ou de ne pas plaire.
Les angoisses prennent toujours le dessus sur elle. Ses émotions et
ses pensées se mélangent telles un sinistre ouragan. Elle commence
à se sentir étrangement oppressée et observée. Elle n'ose à peine
lever la tête, qui est baissée à l'avant, par peur de croiser leurs
regards, tels des coups de couteau dirigés vers elle.

La porte de la pièce s'ouvre. Elle lève la tête sans regarder autour et
c'est Waren qui pénètre dans la pièce. Il s'assoit près de la porte,
sort un livre de son sac et se met à lire. Elle préfère ne pas aller le
voir, par peur de le déranger dans sa lecture. Mais après un laps de
temps, Waren remarque que June est seule au fond. Il se lève et va
la voir.

— Tu vas bien ? chuchote-t-il avec un regard contrarié.

— Oui, je vais bien ! répond-t-elle alors que son ongle s'enfonce
dans la paume de sa main.

Il l'analyse telle une énigme avant de continuer.

— Es-tu certaine ? insiste-t-il.

Le sourire qui maquillait son visage s'éteint subitement. Waren comprend sans avoir besoin de réponses de sa part et lui propose d'aller vers un endroit plus calme.

— Viens, dit-il en tendant la main.

Elle se lève sans dire un mot, puis il pose sa main sur son dos en marchant vers la sortie. Ils se dirigent vers les escaliers, qui sont déserts.

— Qu'est-ce qui ne va pas ? questionne-t-il.

Mais la gorge de June se noue comme à chaque fois. Aucun mot ne sort.

— Tu préfères peut-être parler d'autre chose ? questionne-t-il d'une voix douce.

— Oui, c'est mieux, répond June d'une voix cassée.

Waren lui propose de monter dans sa chambre afin d'être plus tranquille, et ils passent une heure à discuter d'écriture, ce qui passionne les deux. Comme convenu, il lui montre quelques poèmes qu'il a écrits. June lit avec contemplation les vers qu'il a écrits avec une plume majestueuse. Elle les dévore scrupuleusement.

Elle lui montre aussi quelques textes écrits en vrac dans son carnet en cuir. Même si elle craint le jugement et l'avis qu'il pourrait avoir sur les siens, voir quelqu'un lire ses écrits lui procure une certaine sérénité. Elle n'avait jamais fait lire à quelqu'un ce qu'elle écrivait. Partager ses passions avec quelqu'un est si paisible. Les pensées qui l'envahissaient une heure auparavant ont disparu. June commence à trembler face à ce froid persistant. Waren enfile sa veste en cuir autour de ses épaules. Cet acte la marque profondément. Jamais elle n'avait reçu une telle attention de quelqu'un.

Au contraire, June était de ces filles timides et réservées que personne n'approchait ni ne venait voir. Elle se demande même si Waren ne fait pas cela pour se moquer d'elle.

Alors qu'ils s'adonnent à des défis d'écriture, la sonnerie retentit, les obligeant à aller en classe pour le cours de littérature.

En cours de lettres

Mme Shaunee propose aux élèves de faire une activité collective afin de se connaître et de favoriser la cohésion sociale avant de commencer les vrais cours. Tout le monde accepte, sauf une personne : Shirley.

— On va perdre du temps. On a déjà fait beaucoup de choses en art et en philosophie. Si on ne commence pas les cours maintenant, on risque de prendre du retard, affirme-t-elle d'un ton ennuyé.

Personne n'est d'accord avec elle, ce qui met en conflit un jeune garçon et Shirley.

— Il vaut mieux qu'on apprenne à se connaître pour mieux travailler ensemble après. Pourquoi est-il si important pour toi de commencer les cours maintenant ?

— Je l'ai déjà dit, réplique-t-elle en restant de marbre. Je me préoccupe seulement de mon avenir, contrairement à beaucoup.

La professeure les arrête avant que le conflit n'explose de plus belle. June ne comprend pas pourquoi Shirley agit de cette manière. L'année n'a même pas commencé. Comme l'a dit ce garçon, il vaut mieux privilégier et favoriser les interactions avant que la scolarité ne démarre réellement. Même s'il est vrai que dans les autres matières, ils ont déjà beaucoup écrit, ce serait très utile et bénéfique de se connaître davantage.

Des ricanements et moqueries se font entendre au fond de la salle. June n'entend pas très bien, mais suffisamment pour comprendre l'un des propos des garçons : "On a une intello dans la classe visiblement." Vu le climat froid qui règne dans la salle de classe, la professeure décide de faire cours. Beaucoup d'élèves se mettent à râler et chuchoter des insultes à Shirley. Mais cette dernière n'accorde aucune importance à leurs propos. Au contraire, elle en rajoute.

— Vous pouvez dire ce que vous voulez, je ne changerai pas d'avis, dit-elle avec une assurance glaciale.

June observe cette scène avec une certaine fascination. Malgré le désaccord général, Shirley reste inflexible, ce qui impressionne et intrigue June. Elle se demande ce qui motive Shirley à être si déterminée, et si elle-même pourrait un jour avoir autant de confiance en ses convictions.

Mais les mêmes garçons se contentent de rigoler. Le cours commence avec une leçon intitulée "Les origines de la langue française". Lorsque la classe se termine, June sort et Waren la suit, posant une main sur son épaule.

— Qu'est-ce que tu comptes faire cet après-midi ? demande-t-il.

— Aucune idée, répond-elle.

— Ça te dit de passer du temps avec mes amis ? Je leur ai parlé de toi.

"Je leur ai parlé de toi." Cette phrase marque June.

— Oui, pourquoi pas, dit-elle en souriant.

Ils se dirigent vers la salle de pause, un lieu que June n'avait jamais visité. À l'intérieur, il y a des fauteuils, des jeux de société et une ambiance détendue. Les amis de Waren sont en pleine partie d'échecs. En les rejoignant, ils sourient à June, mais leurs sourires lui semblent étranges. Elle se sent observée de manière désagréable, mais elle essaie de se convaincre que ce n'est que son imagination.

— Viens t'asseoir, propose le seul qui ne joue pas.

June s'assied face aux joueurs d'échecs, essayant de se détendre. L'un des garçons se tourne vers elle.

— Tu t'appelles June, n'est-ce pas ? Moi, c'est Luke.

June hoche la tête, un peu nerveuse.

— Oui, enchantée.

Elle remarque alors que Waren a disparu. La conversation s'interrompt quand un autre garçon intervient.

— Waren nous a beaucoup parlé de toi, dit-il en ricanant. Il a flashé sur toi.

June se force à sourire, malgré la pression qui monte en elle. Être le centre de l'attention la met mal à l'aise.

— Tu veux faire une partie ? propose un garçon à la peau mate.

— Non merci, je ne sais pas jouer.

— On peut te montrer.

— C'est gentil, mais je n'ai pas très envie. Ça ne m'intéresse pas tant que ça !

— Dommage.

Les garçons continuent leur partie, se chamaillant de temps en temps.

— Arrêtez, elle va nous prendre pour des fous, glousse Luke. Au fait, moi, c'est Johan.

Howard se présente à son tour. June leur sourit timidement, essayant de se détendre. Soudain, la porte s'ouvre et Waren revient.

— Où étais-tu ? demande June.

— Aux toilettes.

— On se demande ce que tu as bien pu faire aux toilettes... plaisante Johan avec un air provocateur.

Les garçons ricanent, et June s'efforce de sourire, malgré l'absurdité de la blague.

— Évite de dire des idioties devant June, rétorque Waren d'un ton sérieux.

June glousse, essayant de dissiper la tension, tandis que les autres restent de marbre, déçus par la réaction de Waren.

— Arrête de faire ton prétentieux ! lance Howard.

— Je ne fais pas mon prétentieux, je suis juste censé.

June sent son téléphone vibrer. Elle le sort de son sac et remarque un appel manqué de sa mère, ainsi que des messages de Gloria et Liz.

— Je dois répondre à un appel, dit-elle en se levant.

Elle se dirige vers les toilettes pour avoir un peu de tranquillité et rappelle sa mère. L'appel dure une trentaine de minutes. June raconte son arrivée à l'académie et sa rencontre avec Waren. Son père, qui se trouve à côté de sa mère, fait encore une remarque désobligeante sur le garçon qu'elle fréquente.

— Ne traîne pas avec lui.

Cette phrase est la goutte de trop. C'est la seule chose qu'il dit, mais elle fait déborder le vase. Son père a toujours été strict concernant ses relations avec les garçons, qu'elles soient amicales ou amoureuses. C'est un non systématique. June n'a jamais compris pourquoi. Cette fois-ci, cependant, son père n'est pas là pour lui imposer ses limites. Alors, elle répond sèchement, change de sujet et l'ignore. Sa mère se contente de soupirer d'exaspération.

— Maman, je dois y aller. Je te rappellerai plus tard.

Elle raccroche, prend une profonde inspiration et retourne dans la salle de pause, déterminée à profiter du reste de la journée.

Lorsque l'appel se termina, June ressentit un manque profond qui la consumait, un mélange de déception et de vide. La déception venait du comportement de son père et le vide de l'absence d'affection. Elle manquait cruellement de l'amour de son père, mais n'osait pas l'admettre par peur d'être jugée et incomprise.

Elle sortit des toilettes après s'être aspergée le visage d'eau froide, espérant ainsi rafraîchir son esprit. De retour dans la salle de repos, elle constata que les garçons n'y étaient plus. Alors qu'elle s'apprêtait à partir, elle croisa Leslie Weather, la fille qu'elle avait rencontrée dans le train.

Elle hésita quelques secondes mais finit par lui parler, mettant ses angoisses de côté.

— Salut, lança-t-elle d'une voix enjouée, je peux me joindre à toi ?

La jeune fille acquiesça et enleva son sac du canapé.

— Comment ça se fait que tu es toute seule ? Ça s'est bien passé tes premiers jours ici ? demanda June.

— Tout va bien, j'ai fait connaissance avec une fille, mais je ne la trouve pas.

— Avec la grandeur de l'établissement, c'est compréhensible, gloussa-t-elle.

Leslie fit de même avant de bombarder June de questions.

— Toi aussi, d'ailleurs, je t'ai vue parler avec un garçon plutôt séduisant ! souffla-t-elle en jetant des coups d'œil derrière June.

— Oh, c'est juste un ami ! ricana June. Enfin, je ne sais même pas s'il me considère comme une amie.

Un sourire provocateur se dessina sur les lèvres de Leslie, qui regardait derrière June, ce qui l'interloqua. Elle se retourna pour voir ce qui la faisait tant rire et vit, à sa grande surprise, Waren derrière elle, souriant lui aussi.

— Oh, tu es là !

— Alors comme ça, je ne te considère pas comme une amie ? dit-il en fronçant les sourcils.

June rit.

— Je n'étais pas sûre !

Waren ricana de plus belle et lui tapota l'épaule pour la rassurer.

L'après-midi passa rapidement. Le temps à l'académie filait si vite que June ne voyait pas les minutes passer. Un cours de philosophie eut lieu. Le professeur mettait beaucoup de pression sur les élèves, bien que ce soit encore le début de l'année scolaire. Il répétait sans cesse que des examens blancs auraient lieu en janvier et que l'examen final se déroulerait en fin d'année, rappelant que l'académie était très sélective. Malgré ses propos, aucun élève ne se plongea sérieusement dans les révisions en dehors des cours, excepté Shirley, qui se rendait à la bibliothèque tous les jours pour étudier.

La nuit tomba, et alors que June faisait son lit, elle se rendit compte qu'elle avait oublié sa veste en classe. Elle sortit de sa chambre malgré sa tenue décontractée, un pyjama en velours bleu. Traversant le couloir des chambres, une voix la fit sursauter. C'était Johan.

— T'as pas peur de sortir comme ça ! dit-il en s'approchant d'elle par derrière.

— Pourquoi j'aurais peur ? gloussa-t-elle. On n'a pas le droit de sortir sans l'uniforme ? demanda-t-elle, ahurie.

Il la regarda de haut en bas avant de répondre :

— Regarde ta tenue. Tu ressembles à une pute.

June se figea, choquée par ses paroles. Ses yeux se remplirent de larmes, mais elle se força à ne pas pleurer devant lui.

Chapitre 7 – perfection abusive

— Pardon ? dit June d'une voix hachée par l'incompréhension.

Johan éclata de rire.

— C'était une blague ! T'as pas d'humour ou quoi ?

June se sentit confuse. Ne sachant pas quoi répondre, elle se contenta de sourire faiblement, essayant de masquer son malaise. Sa remarque sur sa tenue lui semblait déplacée, mais elle se retint de dire quoi que ce soit, par peur de faire empirer la situation.

— Bon, allez, je te laisse. Je suis fatiguée, dit-elle en espérant qu'il passe à autre chose.

Lorsqu'elle s'éloigna, elle se sentit affreusement observée par Johan, qui était resté derrière elle. Elle traversa les escaliers et le long couloir de l'étage supérieur, puis récupéra sa veste restée sur sa chaise. Heureusement, la salle était encore ouverte, ce qui la surprit. Elle remonta dans sa chambre, espérant de tout cœur que Johan était parti. Son cœur battait fort alors qu'elle ralentissait pour écouter une éventuelle présence. Mais le silence régnait. Elle sortit de l'escalier et pénétra dans le couloir des chambres à pas rapides, jusqu'à ce qu'elle arrive à la sienne.

Daisy était, une fois de plus, allongée sur son lit, avec un casque sur les oreilles. Ses mèches cachaient ses yeux. Le silence demeurait dans la chambre. Shirley n'était pas là ; elle se couchait souvent tard.

Après avoir fait sa toilette, June se coucha et lut quelques pages d'un livre.

Mercredi 8 novembre, salle de musique

Les doigts de Waren effleuraient les touches blanches du piano, produisant des mélodies envoûtantes. Ces douces harmonies racontaient une histoire et provoquaient une sensation somptueuse chez June. Elle admirait le son qu'il produisait de ses propres mains amples. Il s'arrêta et ajusta ses bagues avant de se tourner vers elle.

— Tu aimes ?

— C'est splendide. J'aimerais jouer comme ça, moi aussi.

Il se redressa et se poussa un peu vers la droite, puis fit un signe de la main pour inviter June à s'asseoir à ses côtés. Elle obéit. Waren prit la main gauche de June et la posa sur une touche. Il se leva pour prendre sa main droite et fit de même. Il tenait maintenant ses deux mains et les ajusta. Une mélodie commença à se faire entendre. Cela dura quelques minutes, jusqu'à ce qu'une longue mélodie prenne forme.

— Fais ça une fois par jour, et tu t'amélioreras au bout d'un mois, souffla-t-il en effleurant son cou, ce qui provoqua un frisson chez June.

14H11

Les étudiants de l'Académie Souls participent à une sortie au musée situé à proximité. Le trajet en bus dure environ trente minutes. À leur arrivée, un immense bâtiment recouvert de toile dorée s'offre à eux. Une longue vitre transparente permet d'apercevoir des sculptures exposées à l'extérieur. Les étudiants descendent du bus et entrent dans le musée, où des agents de sécurité vérifient les sacs et les cartes d'identité.

Avant d'entrer dans la galerie principale, où sont exposés des tableaux et des sculptures, Mme Chapelle explique le déroulement de la visite. Elle sort un paquet de cartes rectangulaires et prend la parole :

— Écoutez-moi, s'il vous plaît. Nous allons faire un jeu d'énigmes. Vous allez vous mettre en équipes. Il y aura des devinettes sur chacune des cartes, et vous devrez trouver de quel tableau il s'agit. Je vous conseille de vous aider des informations qui sont écrites à côté des tableaux.

Elle finit par attribuer les équipes. June se retrouve avec Shirley et Johan, ce qui la contrarie. Elle repense encore aux propos que Johan a tenus la veille, mais essaie de se persuader que c'était une blague, comme il le disait. À l'affût, la brune cherche du regard ses deux coéquipiers, déjà ensemble. Elle s'approche d'eux sans un mot.

— Je vais vous donner des cartes, vous devez les laisser dans l'ordre qu'elles sont, ajoute Mme Chapelle.

Elle distribue les cartes aux élèves avant de les conduire à la première entrée, où "L'exposition des cauchemars" est écrit. Lorsque la professeure ouvre la porte, des lumières fluorescentes jaillissent. Des écrans affichent des vidéos étranges, dont l'une montre un homme debout fixant un mur face à lui.

— Vous pouvez commencer, dit la professeure aux cheveux bouclés et rebondis.

Shirley tourne la première carte et lit à voix haute :

— Je suis une femme qui trouve du réconfort dans les mots, cite-t-elle, la voix hachée par la confusion.

— Ça commence bien, dit Johan avec un air moqueur.

— C'est simple, il suffit juste d'ouvrir les yeux, réplique Shirley.

Johan souffle d'agacement en guise de réponse.

— Encore, riposte-t-il.

Mais Shirley, concentrée sur ce qui l'entoure, ne l'entend pas. June reste silencieuse, observant attentivement les œuvres autour d'elle pour participer. Alors qu'elle lit une affiche, Shirley s'agite.

— Ça ne sert à rien de regarder là, tu ne vois pas que l'image ne montre pas une femme ? Il faut se dépêcher avant que les autres trouvent, lance-t-elle.

— C'est un défi ! C'est fait pour s'amuser et apprendre à se connaître, ce n'est pas une compétition, ajoute June.

— Je veux être la première, avoue Shirley d'une voix métallique. Qu'est-ce que je déteste les travaux de groupe, dit-elle nerveusement.

June ne répond rien, car cela ne changera visiblement pas grand-chose. Shirley est concentrée sur la compétition plutôt que sur la cohésion.

— Laisse tomber, lance Johan en tapant sur son épaule, ce qui fait sursauter June.

— Tape moins fort la prochaine fois !

Celui-ci ricane de plus belle.

Shirley, déjà plus loin dans l'allée, attire l'attention de ses camarades. Ils s'approchent pour examiner les tableaux et découvrent, en effet, une œuvre correspondant à l'énigme. Le tableau montre une jeune femme étreignant une page de livre.

— Il faut prendre une photo pour prouver ce qu'on a trouvé.

June se propose et capture l'image avec son téléphone.

— Il faut montrer à la professeure pour qu'elle valide.

June hoche la tête et parcourt l'allée à la recherche de Mme Chapelle. Lorsqu'elle la trouve, celle-ci lui sourit et s'approche.

— Alors ! Vous avez trouvé ? demande-t-elle avec un sourire chaleureux.

— Oui, j'ai pris une photo comme preuve, dit June en montrant l'image.

— Parfait ! répond Mme Chapelle avec enthousiasme. Vous pouvez passer à la prochaine énigme.

June retourne vers ses coéquipiers, qui ont déjà commencé à travailler sur la deuxième énigme. Une heure plus tard, les étudiants de l'Académie Souls rentrent à l'établissement. Une collation collective est organisée par les chefs de l'établissement. Habituellement, les étudiants doivent se débrouiller pour manger en allant à la cafétéria, mais le mercredi est un jour spécial. Des crêpes au Nutella sont préparées par des élèves volontaires. Chaque mercredi après-midi, tout le monde se rassemble pour déguster le plat du jour.

Les élèves se rendent dans une grande salle où deux immenses tables brunes rectangulaires les attendent, couvertes de longues nappes bordeaux. Alors que tout le monde s'assoit, Mme Chapelle prend la parole.

— S'il vous plait ? dit-elle à voix haute pour couvrir le brouhaha. Je vais répartir sur la table des paquets de sucre en poudre et des pots de Nutella. Vous vous les partagerez pour tartiner vos crêpes, et bien sûr, avec toute bienveillance, ajoute-t-elle en faisant un clin d'œil.

Elle distribue les aliments, et bientôt, tout le monde commence à tartiner et déguster leurs crêpes. June choisit le Nutella. Alors qu'elle entame sa deuxième crêpe, la professeure, étonnée, demande où se trouve Daisy, répétant son prénom sans obtenir de réponse.

— Quelqu'un peut aller voir où elle se cache ? demande Mme Chapelle.

Shirley se porte volontaire et revient quelques minutes plus tard avec Daisy, qui tient son casque noir à la main.

— Bah alors, où t'étais cachée ? demande la professeure avec humour.

Daisy reste de marbre, malgré l'attitude bienveillante de Mme Chapelle. June ne comprend pas pourquoi elle est si dure avec les bonnes personnes. Mme Chapelle est peut-être un peu exigeante, mais elle est très proche de ses élèves et a beaucoup d'humour.

— J'étais aux toilettes, répond Daisy sèchement.

— D'accord. On fait une dégustation de crêpes !

— Je n'ai pas envie de manger, avoue Daisy. Mais merci quand même.

Merci... Merci... Merci... C'est la première fois que ce mot sort de sa bouche. June est tellement surprise qu'elle en oublie sa collation.

— Pas de souci, mais tu restes quand même avec nous !

Daisy, visiblement agacée, s'assoit au bout de la table. Mme Chapelle change de place pour s'asseoir à ses côtés. Le goûter se déroule paisiblement. Tous apprécient la collation, excepté Daisy, qui ne consomme qu'un verre de jus. Une fois la dégustation terminée, les élèves retournent à leurs occupations. Daisy est la première à partir, son casque déjà sur les oreilles.

Alors que June se dirige vers sa chambre pour se reposer, Waren l'interpelle en touchant son épaule. Elle se demande encore pourquoi il est si avenant et altruiste avec elle. Bien qu'elle ne lui ait rien donné en retour, il continue de venir la voir. Elle profite de l'occasion pour lui parler des propos déstabilisants de Johan.

— D'ailleurs, je peux te parler de quelque chose concernant Johan ?

— Oui, je t'écoute, répond Waren.

Elle lui propose de s'isoler pour discuter tranquillement.

— Hier, il m'a dit des choses vraiment incorrectes quand je suis sortie de ma chambre.

La mâchoire de Waren se crispe.

— Il t'a dit quoi encore ? demande-t-il, exaspéré, comme si ce n'était pas la première fois que Johan tenait de tels propos.

— Je portais mon pyjama, et il m'a demandé si je n'avais pas peur de sortir comme ça. Quand je lui ai demandé pourquoi, il m'a répondu que c'était à cause de ma tenue, et que je ressemblais à une pute.

La mâchoire de Waren se détend, et ses muscles se relâchent.

— Ah ça ! glousse-t-il, c'est une blague, ne t'inquiète pas. Il dit ça pour taquiner. Il fait ça avec tout le monde.

La réaction de Waren surprend June, mais la rassure en même temps. Il semble bien connaître son ami, et elle fait confiance à la bienveillance de Waren, qui est rare chez les garçons de son âge.

— Tu me rassures ! souffle-t-elle.

Chapitre 8 - Déchéance

Alors que June s'apprête à ouvrir son document Word, un message "batterie insuffisante" apparaît sur l'écran qui s'assombrit. Elle cherche désespérément une prise pour recharger son ordinateur, mais la seule prise disponible est déjà utilisée par Daisy.

— Daisy, chuchote June pour ne pas déranger le cours.

Aucune réponse. Elle se tend alors et touche l'épaule de Daisy. Celle-ci sursaute et se retourne.

— Désolée de te déranger, bégaye-t-elle, peux-tu débrancher ton chargeur ?

Daisy souffle d'agacement et lance violemment son stylo sur la table avant de retirer son câble de la prise. June, stupéfaite, ne dit rien et branche simplement son ordinateur. Un instant plus tard, des coups retentissent à la porte, interrompant le cours de littérature. La porte s'ouvre et le chef de l'établissement entre dans la salle.

— Bonjour à tous, j'ai une nouvelle à vous annoncer.

Les élèves, surpris, se mettent à bavarder, mais la professeure les remet rapidement en place.

— Chaque année, nous organisons un bal. Il y aura de la musique, de la nourriture, et des danses. Cette année, il se déroulera le 30 novembre. Vous n'êtes pas obligés de participer, c'est pourquoi je vais vous distribuer ce formulaire à signer, dit-il en montrant un paquet de feuilles.

Certains étudiants éclatent de rire, d'autres échangent des regards complices, envisageant déjà leurs partenaires. Le directeur distribue les documents et laisse quelques minutes aux élèves pour signer.

— Vous ne pourrez plus changer votre réponse, avertit-il, donc prenez le temps de réfléchir.

Il récupère les feuilles après avoir demandé à la classe de lever la main une fois terminé. June signe, mais l'idée du bal la laisse inquiète, surtout à propos de son partenaire potentiel. Elle pense à Waren, mais un tourbillon de pensées envahit son esprit. Et s'il avait déjà quelqu'un en tête ? June ne l'a jamais vu avec une fille jusque-là. Lorsque la sonnerie retentit et que les étudiants quittent la salle, elle décide de ne pas perdre de vue Waren et de lui demander d'être son partenaire pour le bal. Elle se dépêche de ranger ses affaires et de le suivre.

— Waren ?

Il se retourne.

— Oui ? répond-il en souriant.

— Tu sais avec qui tu vas te mettre pour le bal ?

Il esquisse un sourire amusé.

— Je comptais me mettre avec toi.

June sourit bêtement, profondément touchée par ses mots.

— Tu viens, on va avec les autres.

June acquiesce. Ils se rendent tous les deux à la salle de pause et aperçoivent de loin Johan, Luke, et Howard. Howard est face à une toile, tenant une palette de peinture dans une main et un pinceau dans l'autre.

Derrière lui, Luke est assis sur une chaise. June déduit que Howard dessine un portrait de son ami, ce qui se confirme lorsqu'elle voit le tableau terminé. Elle est ébahie par l'habileté artistique de Howard. Ce dernier lit l'admiration sur son visage et glousse.

— Je sais, je suis doué, dit-il sarcastiquement.

Il retourne la toile pour la montrer à Luke, qui est impressionné. Le portrait est une ressemblance parfaite.

— À qui le tour ? demande Howard en regardant ses amis.

— Et pourquoi pas June ? propose Waren. Tu nous as tous dessinés.

— Avec plaisir, dit Howard en regardant June.

Elle reste immobile un instant avant d'accepter et s'assoit sur la chaise comme le lui demande Howard.

— Cela va durer un moment, prévient Johan.

June reste statufiée pendant environ trente minutes. Une chose l'interpelle cependant : lorsque Luke se place près de Howard pour voir le portrait, il rit aux éclats, mais son rire est moqueur. Une boule se forme dans le ventre de June. Pourquoi riait-il de cette façon ? Avait-il dessiné un portrait ingrat d'elle pour se moquer ? Ses pensées deviennent une marée nébuleuse d'inquiétude.

— Qu'est-ce qu'il y a ? demande Waren, ébahi.

Howard sourit timidement et retourne le tableau. June est stupéfaite. Elle avait imaginé un tas de scénarios, sauf celui-là. Le visage est parfaitement dessiné, mais Howard a ajouté un organe reproducteur masculin à côté de celui-ci. Waren ne dit rien et souffle comme à chaque fois.

— Cette fois, c'est trop ! s'énerve June. Elle s'apprête à prendre et déchirer le tableau, mais Waren l'arrête dans son élan.

— Eh, détends-toi, murmure-t-il en touchant son bras. Tu le connais maintenant ! C'est un blagueur.

Pour elle, ce n'était pas drôle. Pourquoi étaient-ils comme ça avec elle ? Ne voulant pas contrarier Waren, elle décide de ne rien dire malgré tout. Elle déglutit et souffle un bon coup.

— Voilà, détends-toi, insiste Waren.

Elle acquiesce.

— Tu peux juste jeter le tableau, s'il te plaît, demande-t-elle. Waren s'exécute et esquisse son sourire charmant habituel.

Malgré tout, son ventre reste noué, mais elle force un sourire pour ne pas paraître énervée. Pour une fois qu'on lui donne de l'affection, pourquoi tout gâcher ? Elle se rend compte qu'elle a gâché l'ambiance. Ils ne rient plus, ne parlent plus. Une culpabilité noire s'empare d'elle. Le silence s'installe.

— Je vais juste aux toilettes, j'arrive, dit-elle.

Elle pénètre dans les toilettes et se rafraîchit le visage avec de l'eau froide. Elle se redresse et observe son reflet dans le miroir. La tornade de questions réapparaît malgré ses tentatives désespérées de passer à autre chose, comme Waren le lui a conseillé. Mais d'autres pensées surgissent. Pourquoi Waren traîne-t-il avec une fille comme elle ? Une fille simple, morose, et pas aussi belle que les autres.

_"Pourquoi moi ?"

June a toujours été la fille dans l'ombre, mise de côté, égarée et oubliée. Ses années de collège ont été chaotiques. Elle avait pour seul ami la solitude. Certains garçons lui lançaient des regards de dégoût, des regards gravés dans sa mémoire. Elle n'a jamais vraiment été appréciée par les autres. Les années de lycée lui ont permis de rencontrer Gloria et Liz, ce qui l'a beaucoup aidée. C'est pourquoi l'attention que lui donne Waren la rend souvent méfiante. Elle se demande même parfois s'il se moque d'elle. Mais elle préfère profiter de cette affection qu'elle n'a pas reçue depuis longtemps.

Elle demeure honteuse. Fixant son reflet, elle repense à la toile. Pourquoi Howard fait-il ça ? Les propos dérangeants de Johan, et maintenant ce dessin... Tout cela est trop pour elle. Tout se mélange dans son esprit. N'osant pas retourner vers les garçons, elle se dirige vers sa chambre et s'installe dans son lit, sous les regards incompréhensifs de Daisy. June ne va jamais dans son lit en journée, ce qui étonne Daisy, qui, elle, reste tout le temps dans la chambre. June ferme les yeux et le sommeil vient rapidement, malgré les nombreux doutes qui l'assaillent. Dormir est son échappatoire. À chaque fois que des émotions négatives la submergent, elle se réfugie dans son lit et ferme les yeux en espérant que le sommeil vienne vite. Malheureusement, cela ne marche pas toujours.

Quand elle se réveille, la femme de ménage est dans sa chambre en train de nettoyer. Elle peine à se lever, en raison de courbatures apparues sans raison. Ce n'est pas comme si elle avait fait du sport. Elle se rappelle qu'elle a une évaluation à préparer pour le lendemain et qu'elle doit absolument la réussir. Elle demande à la femme de ménage si cela ne la dérange pas qu'elle reste dans la chambre. Quand elle reçoit un signe de tête en guise de réponse, elle sort son cahier de littérature et commence à lire sa leçon. Elle relit son cours progressivement, les heures défilent. Elle recopie ses notes, car c'est ainsi qu'elle retient le mieux. Néanmoins, le cours est long et demande beaucoup de temps. À 18h, elle ferme son cahier et descend à la salle à manger. Elle prend son repas et s'installe à côté de Leslie, qui est seule. Cette dernière est maquillée, ses lèvres empourprées de rouge bordeaux.

— J'aime beaucoup ton rouge à lèvres, ça te va à ravir !

— Merci, June ! s'exclame Leslie.

Elle prend une bouchée de sa purée avant de poser des questions à June.

— Comment ça va aujourd'hui ? Tu avais l'air préoccupée tout à l'heure.

June hésite un instant, puis décide de se confier un peu.

— C'est juste une journée difficile, répond-elle en esquissant un faible sourire.

— Oh, je vois... Si tu veux en parler, je suis là, propose Leslie avec une douceur sincère.

June apprécie l'offre, mais préfère garder ses pensées pour elle pour l'instant. Elles continuent de discuter de sujets plus légers, ce qui aide à alléger un peu le fardeau qui pèse sur son esprit.

— Tu es prête pour le contrôle demain ?

— Ouais, il faut juste que je relise. J'espère réussir. Et toi ?

Leslie acquiesce et avoue qu'elle est angoissée à l'idée d'échouer. June tente de la rassurer en lui disant que ce n'est que le premier contrôle et qu'il ne vaut rien comparé à ceux qui suivront. Lorsqu'elle tourne la tête, elle aperçoit Waren avec ses amis, qui la regardaient déjà. Elle détourne le regard et l'évite. Elle se sent toujours confuse et abattue malgré la sieste qui lui a fait du bien.

Elle termine son repas sans appétit et se lève. En quittant la salle à manger, Waren la suit et l'arrête en attrapant son bras.

— Tu m'en veux ?

Elle se retourne pour le voir.

— Non, c'est juste que son dessin m'a vraiment troublée. Et ce n'est pas la première fois...

— D'accord. Mais je t'assure que c'est de l'humour. Tu t'habitueras à force de le côtoyer. Ne prends pas tout mal, dit-il fermement.

Son ton froid et sec perturbe June. Lui qui avait l'habitude de lui parler chaleureusement. Elle se contente de hocher la tête en guise de réponse, accompagnée d'un léger sourire. Mais sa réponse et son attitude froide la blessent.

— Bon, à demain, dit-il avant de s'en aller.

June se sent mal. Elle est persuadée d'avoir mal agi. Elle aurait dû rire avec eux, même si cela lui déplaisait. Désemparée, elle retourne dans sa chambre. Elle pose son sac par terre et s'assoit sur le pied de son lit. Elle se déteste. Pour une fois qu'un groupe de garçons la côtoie, elle a l'impression de tout gâcher. Elle se sent responsable, même si elle n'a rien fait de mal. Elle tente désespérément de ranger ses pensées négatives.

"Il ne m'a pas dit qu'il était blessé," se répète-t-elle.

Mais son attitude n'était pas habituelle. Lui, si aimable et gracieux, s'était renfermé comme une coquille. Le ton de sa voix, son expression faciale, son langage corporel... Tout avait changé. La brune se rappelle qu'elle doit relire sa leçon pour demain. Elle met son casque noir sur ses oreilles et lance une musique.

"Slow Down" – Chase Atlantic

La musique l'apaise, tel l'écho des vagues. La musique la fait voyager plus loin qu'un avion. Dès qu'elle se sent contrariée, elle enfile ce casque qui l'accompagne durant les bons et les mauvais moments. Elle se lève pour rejoindre son bureau vieillot, puis rouvre son cahier en vinyle et le lit une fois de plus. Les mots et les phrases défilent dans son esprit. Une heure passe, et elle termine enfin ses révisions. Shirley est venue dormir entre-temps. Quant à Daisy, elle n'est pas là pour le moment. La brunette s'installe dans son lit et éteint sa lampe de chevet. La chambre est maintenant plongée dans l'obscurité.

22 novembre

Le bal approche à grands pas, et les élèves sont exaltés, impatients
face à cette attente interminable. Lorsque la sonnerie retentit et que
les étudiants sortent du cours de philosophie, June quitte l'académie
avec Waren pour aller acheter sa robe, comme convenu. Sa relation
avec les garçons s'est améliorée, ou du moins apaisée. June se sent
plus en confiance avec eux.

Ils entrent dans un magasin spacieux et luxueux. L'accueil est
somptueux : un lustre en cristal baigne la salle d'une clarté intense.
Une vendeuse les accueille chaleureusement et leur propose son
aide. Elle leur montre quelques robes, dont trois attirent
particulièrement leur attention. June prend ces robes et se dirige
vers les cabines d'essayage. Après un moment indéterminé, elle
ouvre le rideau et affiche un regard fier. La première robe qu'elle
essaie est une longue robe rouge bordeaux, ornée de dentelles et
avec un dos plongeant. Sous le regard amusé de son acolyte, elle
sort de la cabine pour s'observer dans le miroir.

— Elle te va super bien, dit Waren en l'analysant comme une
énigme.

— Merci, souffle-t-elle, mais tu n'as pas encore tout vu.

Il esquisse un sourire provocateur et croise les bras avant d'ajuster
ses bagues. June repart essayer une nouvelle robe, cette fois noire
et plus courte que la précédente, avec un décolleté et des reliefs sur
les manches. Un sourire se dessine sur les lèvres de Waren. June se
sent à la fois embarrassée par son regard et flattée par son
expression de contemplation. Elle remarque dans le miroir que
Waren l'épiait d'une manière particulière, comme s'il était fier de

lui. Ce regard la met néanmoins mal à l'aise, car elle n'a pas l'habitude d'être observée ainsi.

— Tu avais raison, glousse-t-il, ce n'était pas celle qui t'allait le mieux.

June sourit. Il reste encore une autre robe à essayer, mais elle a déjà fait son choix. Elle se dirige vers la caisse avec la première robe rouge, et alors qu'elle s'apprête à payer, Waren l'arrête et sort son portefeuille.

— Je paye, informe-t-il avec un regard fier.

Elle n'a pas le temps de l'en empêcher, il a déjà sorti son argent. Cependant, elle n'aime pas que l'on paye pour elle. Une fois l'achat fait, ils sortent de la boutique, heureux de leur trouvaille. Ils retournent au château, où June remonte dans sa chambre pour déposer son sac. Une fois fait, elle descend et va aux toilettes avant de rejoindre Waren, qui a sans doute retrouvé ses amis. Alors qu'elle se lave les mains, un bruit l'interpelle : quelqu'un vomit dans les toilettes. June hésite à proposer son aide, mais les vomissements cessent et la personne tire la chasse d'eau avant de sortir. June est stupéfaite de voir que c'est Daisy. Celle-ci se lave les mains et évite le regard de June.

— Ça va ? demande June. Je t'ai entendue...

— Depuis quand tu t'intéresses à moi ? rétorque Daisy, glaciale. J'ai dû manger quelque chose de mauvais. Mêle-toi de tes affaires, ajoute-t-elle en partant.

June est agacée par son attitude déplaisante. Elle a été polie et bienveillante en demandant des nouvelles, mais s'est fait répondre de manière nonchalante. Pourquoi Daisy est-elle aussi méchante avec ceux qui se montrent bienveillants envers elle ? se demande

June. Elle sort des toilettes et cherche Waren du regard, mais ne le trouve pas.

Elle allume son téléphone, qu'elle n'avait pas regardé depuis longtemps, et voit de nombreuses notifications : des messages de Gloria, Liz, et ses parents, ainsi que des appels manqués. Elle se rend compte qu'elle n'a pas parlé à ses proches depuis un moment à cause de la fatigue et de la pression des cours. Elle se place dans un coin derrière les escaliers pour répondre à ses messages. Elle appelle d'abord sa mère, qui est avec son père. Elle leur raconte tout, sauf l'incident avec la peinture et Johan. Elle préfère ne pas en parler, sachant que son père pourrait lui en attribuer la faute. C'est du passé, autant le laisser derrière.

Ensuite, elle appelle Gloria et Liz en même temps. Elle leur parle de sa rencontre avec Waren, du bal qui approche, mais aussi de Johan et de son comportement. Gloria pense que c'est son humour et qu'elle a de la chance d'avoir autant d'attention de la part des garçons. Liz, en revanche, trouve cela plutôt suspect. Elles discutent pendant une vingtaine de minutes. Après l'appel, June envoie un message à Waren pour savoir où il est. Il lui répond : "Au parc." Elle quitte le château pour chercher dans le grand parc, même si son message n'est pas très précis. Après quelques minutes, elle le trouve avec ses amis. Elle s'assoit sur l'herbe fraîche près d'eux, alors qu'ils discutent du bal prévu pour le 30 novembre.

— Oh, regarde celle-là ! s'exclame Howard à Luke en pointant une jeune fille du doigt.

— Pas mal ! répond Johan. Si tu ne la veux pas, moi, je la veux bien.

— Je n'ai pas besoin de meuf ! Je suis très bien tout seul, glousse Luke avec assurance.

Ils se mettent à ricaner de plus belle. June rigole avec eux pour s'intégrer et ne pas paraître ennuyeuse. Ils continuent leur quête humoristique pour trouver une partenaire de bal à Luke. Howard et Johan ont déjà trouvé une partenaire ; des filles se sont précipitées pour leur demander, facilitant leur tâche. June repense à Daisy et ce qu'elle a entendu aux toilettes. Malgré la réponse hautaine de Daisy, elle ne peut s'empêcher de s'inquiéter. Pourquoi ne va-t-elle pas à l'infirmerie si elle a des nausées ? Quoi qu'il en soit, elle se recentre sur le moment présent et observe ce qu'il y a autour d'elle. L'ambiance est paisible. Malgré l'air froid, les feuilles qui voltigent et le jardin botanique apportent un sentiment de sérénité. Mais cela ne dure pas longtemps, car la sonnerie retentit. Le groupe d'amis doit retourner en cours de philosophie, et certains sont effrayés à l'idée d'y aller, car ils vont recevoir les résultats du contrôle qu'ils ont passé quelques jours auparavant. Celui pour lequel June avait tant révisé. Elle est un peu stressée à l'idée de ne pas être satisfaite de sa note, mais elle s'était plutôt bien débrouillée, ce qui la rassure un peu.

Le professeur semble agacé. Debout face à son bureau, les bras croisés et le regard froid, il observe les élèves s'asseoir. Une fois que tout le monde est installé, il prend la parole, et l'atmosphère devient tendue.

— Je suis déçu, souffle-t-il. Je pense que vous n'êtes pas encore conscients du niveau attendu. Vous n'êtes plus au lycée. Nos attentes sont plus élevées. Il y a cependant quelques réussites.

Il se lève et prend la pile de copies pour s'avancer dans la salle de classe. L'angoisse se fait ressentir. Certains élèves tremblent des jambes, d'autres se triturent les mains. Quant à June, elle se mordille la joue intérieure sans même s'en rendre compte. Le professeur rend des copies aux étudiants, et enfin, c'est au tour de June. Il s'approche d'elle et pose sa copie sur la table. Elle la prend et regarde sa note.

Inquiétude. Désespoir. Mélancolie.

Ce sont les émotions qui la submergent. Un 9/20 est inscrit en haut de sa feuille, rayée de rouge de partout. Elle ne comprend pas. Elle avait tout donné pour ce contrôle qui l'angoissait. Elle est déçue d'elle-même et pense aussi à ses parents, qui seront sans doute déçus eux aussi. Elle se remet en question, se demandant si elle est nulle et pas assez douée. Si, finalement, elle n'a pas les capacités pour être ici. Elle ne se rend même pas compte que le cours a déjà commencé, noyée dans l'abîme de ses pensées. Elle range son contrôle, encore incrédule. Elle avait tant révisé, pourtant ce n'était pas suffisant. Elle essaie de se recentrer sur le cours, mais elle ne fait que penser à sa note. Une heure passe et le cours se termine. Alors qu'elle range ses affaires, elle entend Shirley, enjouée par sa note, se réjouir. June se compare à Shirley et se demande ce que celle-ci a de plus qu'elle. Mais en y réfléchissant, elle se rend compte que Shirley ne profite jamais du bon temps avec ses amies. Elle passe tout son temps à réviser à la bibliothèque.

Sans trop réfléchir, June se dirige vers la bibliothèque pour étudier ce qu'elle a raté dans le contrôle. Elle en profite aussi pour réviser ses leçons. Elle y passe toute la fin d'après-midi. L'obscurité s'installe et l'heure du dîner arrive. Fatiguée de cette longue séance de travail, elle quitte la salle et se dirige vers la salle à manger. Elle s'installe à sa place habituelle, près des garçons. Alors que la domestique prépare les assiettes, June est perdue dans ses pensées, entremêlées telles des cordes de guitare cassées. Elle remarque alors que Daisy n'est pas présente. Malgré le monde dans la salle, les tables sont rangées par classe, ce qui lui facilite la tâche. En y réfléchissant, elle se rend compte qu'elle n'a jamais vu Daisy manger. Alors qu'elle se demande s'il est préférable d'aller la voir après le dîner, elle se dit que Daisy ne mérite pas sa bienveillance à cause de sa méchanceté.

Au menu, une omelette et des pâtes au thon, accompagnées d'un éclair au chocolat en dessert. L'atmosphère est paisible. Seuls les bavardages des élèves se font entendre.

— T'as eu combien ? questionne Luke.

— 10/20, ment June. Et toi ?

Il finit de déglutir sa bouchée avant de répondre.

— Pareil !

June se sent mal une nouvelle fois. Luke n'est pas un élève très travailleur et pourtant il a réussi à avoir la moyenne, contrairement à elle. Elle se contente de hocher la tête en guise de réponse, mais une marée de pensées inquiétantes l'envahit. Elle a peur d'annoncer sa note à ses parents, elle pense même à ne pas leur dire. Mais elle avait promis à sa mère de lui tenir au courant de toutes ses notes. L'angoisse est imposante.

— Après manger, on va à la salle de repos. Tu viens avec nous ? demande Waren.

June réfléchit et décide qu'il vaut mieux réviser encore.

— Non, je suis fatiguée.

Lorsque le repas se termine, elle prend ses affaires, salue ses amis, et se retire dans sa chambre. Daisy fait de même et se retrouve avec June. Celle-ci sort ses cahiers de son sac et commence à réviser. Anxieuse, elle peine à se concentrer sur le cours. Sa jambe tremblote, provoquant un bruit qui agace Daisy.

— Tu peux arrêter ? dit Daisy d'un ton neutre.

Agacée par Daisy, June se lève d'un bond pour remettre ses idées en place.

— Pourquoi es-tu aussi méchante avec moi ? s'exclame-t-elle.

Daisy sursaute, fait volte-face et ne répond rien. Elle garde un air froid, ses sourcils froncés, sa mâchoire crispée.

— Qu'est-ce que je t'ai fait ? poursuit June.

Elle s'avance, le poing fermé.

— Je hais les gens, répond Daisy en la fusillant du regard.

June est perplexe. "Je hais les gens" n'est pas la réponse qu'elle attendait.

— Si tu veux discuter pour réparer ce qui ne va pas, je suis ouverte à la discussion. Je t'écoute, dit-elle en croisant les bras et en tapant du pied nerveusement.

— Je n'ai pas envie de te parler, affirme Daisy. De toute façon, tu ne comprendras pas, ajoute-t-elle d'une voix calme en baissant les yeux.

— Je ne comprendrais pas quoi ? crie June.

— La raison de mon comportement ! hurle Daisy. Personne ne comprend pourquoi je suis comme ça, parce que moi-même, je ne me comprends pas ! Et de toute façon, je ne te parlerai pas. Laisse-moi tranquille, finit-elle par dire en quittant la chambre.

June essaie de comprendre ses propos, mais, fatiguée de cette journée, elle se rassoit et revient à ses révisions. Elle essaie de se calmer en se concentrant sur son souffle. La soirée passe, il est 23h18. June s'est endormie, la tête posée sur son cahier. Elle est réveillée par Shirley, qui lui conseille de se poser sur son lit. En regardant de l'autre côté, elle aperçoit Daisy sur son lit, avec son casque toujours sur les oreilles. Elle s'allonge sur son lit, les yeux déjà fermés.

Je me sens de plus en plus fatiguée, malgré des nuits de sommeil complètes. La pression des cours semble peser sur mon énergie. Cependant, dès que je suis en classe avec Mme Chapelle, je me sens confiante. En sa présence, je me sens en sécurité. Elle a ce talent de créer une atmosphère apaisante en classe. Quand je suis dans son cours, mes préoccupations s'envolent. De plus, sa bienveillance et sa gentillesse procurent aux élèves un sentiment de sérénité.

— Votre santé physique et mentale doit rester une priorité, rappelle doucement Mme Chapelle, ses cheveux bouclés caressant son front.

Aimer la matière est une chose, mais avoir un professeur compréhensif en est une autre. Cela aide énormément face à la pression. Je me sens moins seule et incomprise.

— Pour demain, vous devrez présenter à l'oral un tableau de votre choix, par groupe de trois. Vous devez vous mettre avec vos voisins de chambre, annonce-t-elle.

Cette perspective me stresse, surtout l'idée de faire équipe avec Daisy et de présenter le tableau devant tout le monde. Je ne suis pas très à l'aise à l'oral. Alors que la sonnerie retentit, je commence à ranger mes affaires en écoutant la professeure parler.

— N'oubliez pas de vous reposer. À demain.

En sortant de la salle de classe, je suis vite rattrapée par Shirley qui m'interpelle.

— Tu veux bien venir avec nous pour commencer le travail ?

J'acquiesce et tourne la tête pour apercevoir Daisy qui regarde ailleurs. Nous nous dirigeons vers la bibliothèque et sortons nos ordinateurs pour chercher un tableau qui pourrait nous plaire. Je vais sur Pinterest et suis rapidement attirée par une image : une jeune femme vêtue d'une longue robe noire, assise sur un rocher dans une forêt. Je cherche le nom de ce tableau et fais des recherches pour en savoir plus. Une fois mes idées recueillies, je les partage avec Shirley. Daisy semble préoccupée et évite mon regard. Shirley approuve mon idée et demande à Daisy si ça lui convient.

— Faites comme vous voulez, répond Daisy.

Nous nous mettons au travail et préparons un diaporama pour illustrer nos propos. Une fois terminé, nous retournons dans notre chambre pour réviser nos textes à l'oral. Daisy demande un petit texte et nous avoue qu'elle n'est pas à l'aise à l'oral. Shirley lui donne une réponse qui ne semble pas lui plaire.

— Tu as juste à te concentrer sur ce que tu as à dire et parler. On sera là, tu n'as pas de quoi t'en faire.

Daisy n'est pas convaincue, mais elle hoche timidement la tête. Les révisions se passent très bien, nous connaissons tous très bien nos discours.

10h15.

Nous sommes prêts pour présenter notre travail à l'oral. Un autre groupe est en train de passer. Quatre groupes au total ont déjà présenté. Mme Chapelle a ajouté une heure de cours supplémentaire pour que tout le monde puisse passer dans les temps. Daisy semble agitée.

Assise en face de moi, Daisy cache ses mains sous ses longues manches, mais je peux voir qu'elle enfonce ses ongles dans ses doigts. Je l'appelle, mais la professeure annonce nos noms pour passer devant le tableau. Je me lève et rejoins Shirley et Daisy, puis me place à côté d'elle pour garder un œil sur elle. Son teint est très pâle aujourd'hui, plus que d'habitude. Elle est souvent blanche, mais aujourd'hui, sa peau est particulièrement blafarde et éteinte.

— À vous ! annonce la professeure.

Shirley introduit la présentation comme prévu, puis c'est au tour de Daisy. Elle parle extrêmement doucement, ce qui surprend plus d'un. Elle, qui a l'habitude de crier sur les gens, semble maintenant paralysée. Je lui demande si ça va, mais elle ne répond pas et sort de la salle en courant. Je regarde la professeure en attendant une réaction de sa part. Elle se lève et regarde par la porte, mais ne voit rien.

— June, tu peux aller la voir s'il te plaît ? demande-t-elle, l'air inquiet.

J'acquiesce et pars à la recherche de Daisy. J'épie chaque recoin du couloir, mais je ne vois rien. J'ai alors l'idée d'aller voir dans les toilettes, et je constate qu'une des portes est verrouillée.

Le silence règne, jusqu'à ce que des sanglots éclatent, accompagnés de respirations saccadées.

— Daisy ? C'est toi ?

Les sanglots cessent et le silence s'installe à nouveau.

— Tu peux m'ouvrir ?

Mais la seule réponse qui vient est le silence.

— Ce n'est pas grave si tu n'as pas réussi l'oral, dis-je calmement. La professeure comprendra.

Daisy ne répond rien. Je patiente quelques minutes, mais elle ne donne toujours pas de signe de vie. Enfin, je l'appelle une nouvelle fois.

— Comment tu te sens ?

Soudainement, Daisy ouvre la porte en la claquant et me hurle dessus.

— Pourquoi tu restes gentille avec moi après tout ce que je t'ai fait ?!

Je prends une longue respiration avant de répondre.

— Parce que je crois qu'on a tous nos raisons pour agir comme on le fait. Je vois que tu ne vas pas bien, et même si tu m'as blessée, je veux comprendre et t'aider.

"Laisse-moi tranquille", dit-elle fermement. "Je n'ai pas besoin de toi. Dis à Mme Chapelle que je ne viens pas en cours aujourd'hui."

Sans répondre, je retourne en classe et transmets les paroles de Daisy à Mme Chapelle, qui hoche la tête en guise de réponse. Une heure passe, et comme convenu, Daisy ne revient pas en cours. Je ne comprends pas pourquoi elle est aussi méchante avec moi alors que je ne cherche que son bien. Pourtant, j'ai remarqué qu'elle semblait préoccupée par quelque chose. Mais quoi ? C'est ce que je me demande. J'aimerais l'aider et découvrir ce qui ne va pas, mais dès que je m'approche d'elle, elle se referme et se frustre. Comment peut-on aider quelqu'un qui n'accepte pas notre aide ? C'est impossible.

La sonnerie retentit. Je range mes affaires et sors de la classe. Je cherche Waren et les garçons du regard, et lorsque je les aperçois, je les rejoins. Mais chacun fait quelque chose de différent : Johan joue de la guitare, Howard va dans sa chambre sans rien dire, et Luke lit.

Je reste donc avec Waren seulement. Nous nous installons sur un banc dans le jardin botanique. Il semble préoccupé, ce que je remarque immédiatement.

"Tout va bien ?" dis-je

« Oui, dit –il, mon ex m'a quitté.

"Et Daisy ? Elle va bien ?" demande-t-il en changeant de conversation.

"Elle ne voulait pas me parler", répondis-je.

"Elle n'est pas très sociable, à ce que j'ai remarqué", observe-t-il.

"Bien vu", acquiesçai-je.

Il glousse, et je repense à ses propos avant ce sujet de conversation. Soudain, j'ai envie d'en savoir plus sur ses relations amoureuses.

"Je pense que tu n'as pas de difficultés à avoir des copines", dis-je en souriant. "Elle s'appelle comment, ton ex ? Tu l'aimais bien ?"

"Oh, ce n'était pas vraiment ma copine", avoua-t-il d'une voix métallique, "c'était juste un plan cul."

Sa réponse me donne des frissons. Je ne l'ai jamais entendu parler ainsi. Lui qui a l'habitude de tenir des discours soutenus, son vocabulaire me choque, ce qui me fait ricaner. Il réagit en rigolant aux éclats, puis il se met à me regarder fixement. Un sourire gêné se forme sur mon visage.

"J'ai une tache sur le visage ou... ?" demandai-je.

Il glousse et répond que non. Puis il enchaîne : "Et toi ?"

Je le regarde, ahurie. "Quoi, moi ?"

"Eh bien, en parlant de ça, tu as eu des relations de ce genre ?"

Je prends une longue respiration et commence à angoisser, car je n'ose lui avouer que je n'ai jamais eu de relations. Que jamais un garçon ne s'est intéressé à moi. Mais je préfère ne pas lui mentir, je ne suis pas comme ça.

"Non, je n'ai jamais eu de copains, ce n'est pas trop mon truc", dis-je.

Il ne me quitte pas du regard et garde ce même sourire provocateur. "Je ne parlais pas de ça."

Ahurie, je ne comprends pas ses dires. De quoi voulait-il parler ?

"Tu parles de quoi ?" demandai-je, interloquée.

Il se penche en avant, en touchant ses bagues en argent. "Des relations sexuelles", finit-il par avouer en souriant.

Je me sens confuse et étonnamment surprise. Pourquoi me pose-t-il ce genre de questions ? Ce n'est pas convenable, de plus, ce ne sont pas ses affaires. Mais je me rappelle qu'il ne faut pas que j'abuse et que j'en fasse des caisses. Je me mets donc à pouffer pour ne pas paraître embêtante, mais aussi pour qu'il m'accepte. Personne n'a accepté ce vrai moi, alors pourquoi devrais-je garder cette version de moi. Pourquoi ne pas en créer une fausse ? Je décide de jouer le jeu et lui réponds d'une manière provocante.

"Non, mais j'aimerais bien", dis-je en lançant un sourire amusé et provocateur.

Ses yeux s'agrandissent et il garde ce même sourire sur son visage. "Je vois, je ne te pensais pas comme ça", répond-t-il.

Je me penche également en avant et lui susurre à l'oreille, "Je suis plutôt discrète."

Son regard, rempli d'une séduction captivante, plonge dans le mien, créant une fusion envoûtante entre nos deux iris qui se mêlent pour former un océan d'azur. Dans cet océan hypnotique, je me retrouve délicieusement submergée, portée par la douce emprise de son regard. L'après-midi se déroule paisiblement. Je rentre à l'académie au côté de Waren, mais des bruits se font entendre, provenant d'une voix qui n'est pas inconnue pour moi. C'était Shirley. Je regarde d'où proviennent ces disputes et remarque enfin Shirley qui engueule Daisy. Je m'approche d'eux pour leur demander ce qui ne va pas.

"À cause d'elle, on va avoir une mauvaise note ! Tu lui dis rien ?", s'agace Shirley.

"Ce n'est pas de sa faute", dis-je, "ça arrive à tout le monde de perdre ses moyens à cause du stress. Ne la contrarie pas davantage."

"Mais tu ne penses pas à la note !!" explique-t-elle.

Je souffle d'agacement avant de lui répondre. "La professeure comprendra ! Je ne pense pas qu'elle va nous pénaliser."

"J'espère bien", finit-elle par dire en s'en allant. Daisy fait de même. Même si je l'ai défendue, elle ne me remercie pas. Cette fille a tendance à m'énerver.

Chapitre 11 – la boite de pandore

Les reflets du soleil filtraient à travers les stores, caressant doucement mon visage. "Ça te dit qu'on aille dehors ?" demandai-je à Shirley. "Tu es souvent ici, ça te ferait du bien de sortir."

Elle secoua la tête. "Non, je dois réviser."

Je la regardai, surprise. "Tu passes tes journées comme ça ?"

Elle hocha la tête. "Oui, il le faut."

"Tant pis pour toi ! Moi, je sors", dis-je en quittant la chambre.

Je descendis les escaliers et me dirigeai vers le parc où se trouvaient les garçons, toujours au même endroit. Je me joignis à eux. Ils parlaient de jeux vidéo et de livres. Howard, lui, écoutait de la musique avec son casque. Aujourd'hui, il faisait beau. L'air chaud caressait mon visage et illuminait mes cheveux bruns. Luke, qui avait apporté des cookies, nous en offrit. Je me régalai. Puis, je me levai pour aller aux toilettes et me laver les mains, couvertes de chocolat fondu.

Soudain, j'entendis des pas approcher. Je fermai le robinet, me retournai, et mon cœur manqua un battement. Luke était là, dans les toilettes pour filles. Il m'avait suivie. Je lui demandai ce qu'il faisait là, mais il ne répondit pas. Alors que j'allais répéter ma question, il desserra sa ceinture. Mon cœur s'emballa, et mes mains tremblèrent. Une confusion totale s'empara de moi. Pourquoi faisait-il ça ? Des questions tournaient dans ma tête. Puis, il ouvrit sa braguette et sortit son membre. Je restai pétrifiée. Aucun son ne sortit de ma bouche, seule la chute des gouttes d'eau résonnait. Je me sentis figée. Il se masturba devant moi, me fixant avec un sourire mesquin. Le choc me paralysa, comme une décharge électrique. Tout se figea. Des bouffées de chaleur m'envahirent. Puis, il remit son pantalon et partit, sans dire un mot, me laissant comme une statue. Mon esprit était sombre. Un dégoût écœurant me submergea. Un frisson d'inconfort parcourut mon corps.

Je restai immobile plusieurs minutes, avant de réussir à bouger. Perdue dans mes pensées sombres, je ne savais que faire. Les images défilaient dans ma tête, sans fin. Je décidai de quitter les toilettes, mais j'avais peur de le croiser à nouveau. J'avais honte. Je ne voulais plus le voir. Je voulais juste partir.

Je retournai dans ma chambre, heureusement vide, et appelai ma mère. Je lui demandai de venir me chercher, mais elle ne comprit pas.

"Pourquoi veux-tu partir subitement ?" me demanda-t-elle. "J'ai mis toutes mes économies pour toi, et c'est comme ça que tu me remercies ? Tu veux vraiment gâcher tes rêves d'enfant en une seule journée ? Qu'est-ce qui te prend, bon sang ? Remets-toi les idées en place."

Des larmes coulaient sur mes joues. Il était impossible de lui expliquer pourquoi je voulais partir. La honte dominait. Si je restais ici, je sentais que ça irait mal. Je sentais que ce n'était pas la seule chose qu'il me ferait. S'il avait fait ça, il était capable de faire plein d'autres choses. Pourquoi moi ? Qu'avais-je fait pour mériter ça ?

Je décidai d'en parler à Waren. Il était la seule personne qui pourrait me donner des réponses. J'essuyai mes larmes et lui envoyai un message. Il répondit rapidement et accepta ma demande. Je lui demandai de venir dans ma chambre pour discuter. Quelques minutes plus tard, il toqua à ma porte.

"Tu veux me parler de quoi ?" me demanda-t-il.

Je lui racontai tout, en bégayant à plusieurs reprises, trahissant ma peur. Je sentais qu'elle était lisible sur mon visage, ce qui me rassurait. Je relevai les yeux pour croiser son regard, cherchant une réaction. Mais il semblait rempli de dégoût. J'avais peur que ce sentiment soit dirigé vers moi et non vers Luke. Je lui demandai de dire quelque chose, car le silence devenait étouffant. Puis sa réponse me glaça le sang.

"Je ne te pensais pas comme ça", dit-il.

Je le regardai, ahurie, lui demandant ce qu'il voulait dire par là. Mais il continua de me fixer avec ce même air hautain, soufflant d'agacement avant de répondre.

"T'es prête à tout pour être aimée, pas vrai ?" lança-t-il.

Je fronçai les sourcils. "Quoi ?" dis-je, stupéfaite. "Mais de quoi tu parles ?"

Il attendit quelques instants avant de reprendre. "Et toi ? Pourquoi tu mens ?"

Ma bouche s'entrouvrit, hébétée par ses propos qui me touchaient au cœur. Il m'avait traitée de menteuse... Il avait remis en question ma parole... Je n'en croyais pas mes oreilles. C'était insensé, pourquoi aurais-je menti sur ça ?

"Mais..." bégayai-je, "je te dis la vérité."

"Arrête", dit-il froidement, "tu me dégoûtes."

Son regard empli de dépit et de répugnance, il s'en alla en claquant la porte de ma chambre. Quant à moi, je restai figée, confrontée à mes larmes. Ses paroles tournaient en boucle dans ma tête. Les images de ce qu'il s'était passé aussi. Accablée, je m'assis sur le bord du lit, mes larmes tombant sur ma jupe plissée. Je ne voulais plus sortir de ma chambre. J'avais honte. Je pensais que je pouvais lui faire confiance, mais en réalité, je n'aurais pas dû lui dire. Je ne savais même plus sur qui compter. Je pensai à Gloria et Liz, mais j'avais peur de leur en parler. Je me sentais tellement humiliée, je ne pouvais pas leur avouer ça. Puis je n'avais pas envie de ne pas être crue une nouvelle fois.

Je regardai mon emploi du temps, espérant qu'il n'y ait plus de cours aujourd'hui. Mais je me trompai, il restait un cours de littérature. Mon cœur me faisait mal, j'angoissais tellement fort que mes mains tremblaient. J'avais chaud. Je ne voulais plus croiser leurs regards. De même pour Howard et Johan, je suis sûre qu'il leur avait tout raconté. Le cours allait commencer bientôt, je me triturais les mains sans même m'en rendre compte.

Subitement, la porte s'ouvrit, c'était Daisy. Concentrée sur mes pensées, je ne lui accordai aucune importance. Mais elle me regardait, interloquée. Je pense que c'était la première fois qu'elle me voyait dans cet état. Je n'avais pas l'habitude de dévoiler mes émotions, mais cette fois-ci, elles étaient trop fortes et intenses. Je n'avais jamais vécu ce genre de situation. Ça me désespérait. La sonnerie retentit, et mon cœur fit un bond. Daisy s'en alla. J'avais peur, je ne voulais pas y aller. Mais j'étais bien obligée. Mes parents allaient être tellement déçus, et allaient sans doute m'en vouloir. Je me levai et remis mes cheveux décoiffés en place. Je me regardai dans le miroir pour vérifier que ma terreur ne soit pas visible physiquement, et sortis de ma chambre. Je descendis lentement les marches des escaliers et arrivai au bon étage. Les élèves étaient devant la salle de classe. Je me joignis à eux, gardant mon regard fixé devant moi pour ne pas les voir. Je ne voulais pas les regarder dans les yeux. J'avais tellement honte. Je me posai contre le mur et attendis l'arrivée de la professeure. Mais j'entendis des ricanements derrière moi. Ces rires, je les reconnaissais. J'étais terrifiée. J'avais peur qu'ils se moquent de moi. Et l'un de leurs propos confirma mes craintes.

"Tu as sans doute aimé ce que tu as vu aux toilettes", dit Luke en riant avec sa bande.

Ma respiration s'accéléra, et mes mains devinrent moites et humides. Ses propos me répugnaient, mais ils me mettaient aussi en colère. Je me sentais offensée et trahie.

Tous les regards sont posés sur moi. Je veux partir, mais la professeure arrive enfin. Avec sa présence, ils ne feront probablement rien. Je rentre rapidement dans ma classe et m'assois à ma place habituelle. Mais le cours ne se déroule pas aussi bien que je l'espérais. Les garçons, assis derrière moi, ne font que riposter et me proférer des insultes. Même Howard m'a traitée de pute. Ils me détestent tous. C'est de ma faute. J'aurais dû me taire. Mais si je m'étais tue, Luke aurait sans doute continué. Je pensais que Waren n'était pas comme les autres garçons. Je pensais qu'il était différent, intelligent, mature, respectueux. Peut-être que c'est moi le problème. Dès que le cours finit, je m'enfuis rapidement dans ma chambre. Daisy me rejoint et lit un livre sur son lit. Sur le mien, je me tourne de l'autre côté pour qu'elle ne voie pas mes larmes. Elle se moquerait sûrement. J'espère dormir rapidement, pour oublier ce qu'il s'est passé et mettre mon cerveau en pause. Mais les minutes passent et mes pensées sont en tumulte.

07h00

Mes yeux s'ouvrent, et mes angoisses reviennent en force. Je me lève, me lave rapidement, puis descends au rez-de-chaussée pour prendre mon petit déjeuner. En entrant dans la salle à manger, je remarque que les garçons sont déjà là. Je préfère donc me diriger vers la salle de repos pour me sentir plus à l'aise. Je prends un cappuccino et un paquet de madeleines, puis je m'installe au fond de la salle. Enfilant mon casque, je laisse la musique m'apaiser. Les cours débutent à 8h, il est 7h30. Je me rends aux toilettes, mais en me retrouvant devant, les images de ce que j'ai vu hier tournent une fois de plus en boucle dans ma tête. Je retourne donc dans ma chambre malgré la grandeur de l'académie, et me réfugie sous la douche. Les minutes passent malheureusement vite, et la sonnerie retentit. Terrifiée, je descends les escaliers et pénètre dans la salle qui est déjà ouverte. Décidant de changer ma place habituelle, je m'installe tout au fond, à l'opposé de la bande. Assise là, j'observe chaque recoin de la salle de classe, essayant d'éviter les regards des autres élèves. Je me sens toutefois observée par eux. Je fais semblant de lire mon cahier, espérant ne plus ressentir cette sensation désagréable. Le cours me semble interminable. J'essaie désespérément de me concentrer uniquement sur le cours, mais mes pensées m'en empêchent. Je tourne la tête et croise leurs sombres regards, ils pouffent de rire tellement fort que la professeure les interrompt. Je me sens mal, très mal. Je veux partir, et ne plus jamais revenir ici. Une sirène éclate subitement dans le silence. Sans doute une alerte incendie.

"C'est un entraînement," informe la professeure, "laissez vos affaires ici et suivez-moi. Nous devons sortir de l'académie."

Je me lève et attends que la salle se vide peu à peu pour sortir à mon tour. Effrayée, je reste près de la professeure pour m'assurer qu'ils ne me feront rien. Nous parcourons l'académie et sortons progressivement.

Les autres classes sont déjà à l'extérieur, devant le portail. C'est bruyant, il y a beaucoup de monde. Nous sommes tous serrés les uns contre les autres. Le directeur et tous les autres enseignants sont également présents. Nous patientons quelques minutes. La bande d'amis continue de me lancer des regards nonchalants, et de ricaner méchamment. Je ne me sens pas en sécurité, malgré la foule. Personne d'autre ne semble percevoir leurs propos. Je suis la seule à les entendre. Le temps semble s'étirer. Chaque minute, chaque seconde est une éternité. Le directeur annonce enfin que nous pouvons retourner en classe. À notre retour, l'enseignante nous informe que nous allons regarder un documentaire pour la suite du cours. Nous ressortons de la salle, cette fois-ci avec nos affaires, pour nous diriger vers la salle de télévision. Je me place au fond, mais je remarque que Waren s'approche de plus en plus de moi. Mon cœur s'accélère. Il s'assoit à côté de moi. Je fixe l'enseignante avec un regard implorant, espérant qu'elle intervienne. Les lumières s'éteignent. La peur m'envahit. Je ne suis pas à l'aise à côté de lui. Je sens qu'il ne va pas me laisser tranquille, et que je vais passer un sale moment.

Chapitre 12 – corruption

L'enseignante projette la vidéo sur le grand écran. Un silence
pesant s'installe dans la salle. Tous les élèves sont calmes, absorbés
par l'écran, tandis que moi, je peine à me concentrer. Tant qu'il
reste à côté de moi, je ne pourrai pas regarder le documentaire.
J'essaie de me détendre en me concentrant sur ma respiration, mais
je sens son regard pesant sur moi, ce qui ne fait qu'accentuer mon
anxiété. Soudain, il s'approche de mon oreille et murmure quelque
chose. "C'est pas fini, June." La nervosité me submerge tel un
poison. Pourquoi agissent-ils ainsi, ou plutôt, pourquoi me font-ils
ça ? Qu'ai-je bien pu faire de mal ? Je veux juste qu'ils me laissent
tranquille, qu'ils m'oublient, qu'ils fassent comme si nous n'avions
jamais parlé. Mais il pose sa main sur ma cuisse, et la remonte peu
à peu. Mon cœur bat violemment dans ma poitrine, et lorsque sa
main glisse sous ma jupe, je suis pétrifiée. Je veux partir, mais je
n'arrive pas à bouger, figée par la terreur. Pourquoi cela m'arrive-t-
il encore ? Pourquoi, chaque fois que la peur me paralyse, ai-je tant
de mal à réagir ? Je tente de retirer sa main, mais c'est impossible.
Alors, je décide de le menacer. "Laisse-moi tranquille, sinon je
crie." Mais mes paroles ne l'arrêtent pas. Il me connaît trop bien. Il
sait que je ne suis pas capable de le faire, et il profite de ma
faiblesse. Il continue pendant plusieurs minutes, et tandis qu'une
guerre intérieure fait rage dans ma tête, je me sens salie, dégoûtée.
Ses mains sur moi suscitent un profond dégoût, et je me sens
envahie par des éclaboussures de peinture, créant des taches qui me
terrifient. Et cela continue pendant plusieurs longues minutes. Dans
ma tête, la bataille fait rage. Je lutte contre moi-même pour sortir
de cette sidération. Il faut que la professeure fasse une pause pour
qu'il enlève enfin sa main, mais les taches persistent. Je les sens sur
moi, ancrées dans ma peau, et plongée dans mes pensées, je ne
parviens plus à me concentrer sur les paroles de l'enseignante. Je
me tords les mains, cherchant désespérément un moyen de sortir
d'ici. Je vais craquer. Enfin, je parviens à demander à sortir de la
salle pour me rendre aux toilettes. Une fois à l'intérieur, je

m'enferme et m'effondre par terre, submergée par les larmes. Je me gratte la peau pour enlever ces maudites taches qui me salissent, mais seules des plaques rouges apparaissent. Je me déshabille, révulsée par mon propre corps, et me frotte brusquement avec un gant de toilette pour tenter de les faire disparaître. En vain. Alors, je m'effondre de nouveau en larmes, laissant échapper des sanglots étouffés par ma main. Je me relève avec difficulté, enfile mes vêtements souillés, et lorsque des coups retentissent à la porte, je m'essuie le visage et me dirige vers la sortie. "June ?" appelle Shirley, "tu es là ?" Je m'essuie le visage, tentant de dissimuler ma détresse, puis je sors de la salle de bain pour retrouver Shirley près de la porte. Elle me regarde, ébahie, et me demande si je vais bien. Je lui dis que oui, puis lui trouve une excuse pour ne pas retourner en classe. "Je ne me sens pas très bien, j'ai mal à la tête, je vais me reposer un peu," dis-je faiblement. Elle accepte et s'en va, et je m'allonge sur mon lit, submergée par les pensées et les émotions. Les larmes me montent aux yeux, et malgré mes efforts pour les retenir, elles finissent par couler le long de mes joues. Je repense à ce qui s'est passé, ma tête est sur le point d'exploser. Je veux juste arrêter d'y penser. Faire comme si rien ne s'était passé. Mais ça revient toujours dans mes pensées. J'essaie de dormir mais je n'y arrive pas. J'enfile donc mes écouteurs pour me concentrer sur la musique. La douleur est malheureusement toujours présente. J'enfonce mon ongle dans mon doigt pour me focaliser sur la douleur physique. Après un moment, je parviens enfin à tomber dans les bras de Morphée.

"June ? Ça va mieux ?" Mes yeux s'ouvrent, et ma vision est d'abord floue, puis elle redevient normale quelques secondes plus tard. C'est encore Shirley. "Oui, je vais bien," mentis-je. Je me redresse et enfile mes chaussures sous son regard. "On a un cours de sport," m'informe-t-elle, "le directeur pense que ça nous ferait du bien de décompresser un peu." Mes angoisses reviennent. Ils vont être là. Je suis terrifiée à l'idée de les revoir, je ne veux pas. "J'ai encore mal à la tête, et je suis fatiguée. Dis-leur que je ne viens pas. Je ferai un mot d'absence plus tard." Elle acquiesce et s'en va.

Quant à moi, je m'allonge à nouveau sur mon lit et remets mes écouteurs. De nouvelles pensées apparaissent. Je veux m'endormir une fois de plus, pour ne plus penser. Mais je sais que je n'y arriverai pas. Quelques minutes plus tard, on toque une nouvelle fois à ma porte. Mais cette fois-ci, ce n'est pas Shirley. "June, tu viens s'il te plaît ?" demande le directeur. "Ça va te faire du bien." Malheureusement, je me sens obligée d'accepter et d'y aller. Je ne vois pas comment je pourrais m'opposer à lui. Je me lève et descends pour les rejoindre dehors. Une femme que je ne connais pas se tient devant la foule. C'est sans doute la professeure de sport. Elle met de la musique grâce à une enceinte, puis commence à montrer des étirements. Elle nous demande ensuite de les reproduire. Je fais ce qu'elle dit et exécute les mouvements qu'elle nous montre. Ensuite, elle nous ordonne de courir le long du jardin. Il me suffit de quelques minutes de footing pour être essoufflée. J'entends des rires et me retourne pour voir d'où ils proviennent. Ce sont encore eux. Johan court de plus en plus vite et s'approche de moi. Je me déplace vers l'autre côté, mais cela ne l'empêche pas de venir vers moi ct de me toucher les fesses. Je me sens une fois de plus humiliée et confuse. Je les déteste. Mon aversion envers ces misérables est tellement forte. J'ai qu'une envie, c'est de m'en aller. Mais je me trouve ici, avec eux. L'enseignante, qui se nomme Mme Clark, nous demande de revenir auprès d'elle. Elle nous demande cette fois-ci de faire des mouvements. Ils sont simples à reproduire. Ce sont les mêmes que je faisais lorsque j'étais plus jeune. À mon plus jeune âge, je faisais beaucoup de sport sur mon tapis dans ma chambre. Mais à un moment donné, elle nous ordonne de faire des squats, et c'est à ce moment-là que la pression s'accumule au creux de mon ventre. Je sens leurs regards noirs. Je les guette du coin de l'œil et je remarque qu'ils se déplacent pour venir derrière moi. La peur m'enveloppe. Je suis effrayée, je ne veux pas le faire. Je me fige, mais Mme Clark m'interpelle. Je me mets donc à faire les squats. Et je sens leurs yeux posés sur moi. Je les entends pouffer de rire, et l'enseignante ne leur dit rien. Ce qui m'énerve encore plus. Je les entends rétorquer des propos qui m'écœurent. Une profonde haine et aversion coule dans mes veines. Les 30 secondes s'écoulent et nous passons enfin à un autre exercice. Mais alors que Mme Clark s'éloigne pour déposer l'enceinte, Johan s'approche de moi et me susurre à l'oreille : "On n'a pas fini avec toi," crache-t-il. "Ce n'est que le début, chère June." La terreur s'empare de moi tel un violent courant d'air. J'ai peur de ce qu'ils sont capables de faire. D'autant plus que ce qu'ils me font vivre est déjà horrible. Qu'est-ce qu'il voulait bien dire par "ce n'est pas fini" ? J'ai envie de leur cracher à la figure que je ne suis pas un jouet, mais la peur est dominante. De plus, tout le monde va me regarder, et je n'aime pas ça. Je serais le centre de l'attention, ce qui est ma hantise. Il se détache de moi et je remarque que Daisy me regardait d'un air ébahi. Elle doit sans doute se poser des questions sur moi et les garçons. Nous qui étions autrefois inséparables. Elle doit se réjouir de ma situation. Sa méchanceté me laisse toujours sans voix. Il se détache de moi et retourne avec ses amis, ce qui me rassure un peu. Pourtant, je reste toujours sous l'emprise de la peur qu'ils ont instillée en moi. J'éprouve de la honte pour ce qu'ils me font subir, même si je sais au fond de moi que je n'ai rien fait pour mériter cela. L'enseignante revient et les exercices reprennent. Heureusement, elle nous a placés de manière à ce que je sois éloignée de la bande, ce qui m'évite d'être embêtée une fois de plus. Cependant, malgré cette précaution, ils continuent de me lancer des regards dérangeants. Je ne me sens donc pas davantage rassurée.

La lumière azurée du ciel traverse la fenêtre, inondant la salle dans un silence habituel. Pour une fois, aucun rire ne perturbe cet équilibre. Seules mes pensées résonnent, envahissant mon esprit. J'essaie vainement de me concentrer sur l'exercice, mais je suis submergée par un profond malaise. Je me sens vulnérable, désireuse de m'échapper, mais l'idée de décevoir ma mère m'oblige à rester. Perdue dans mes pensées, je suis soudainement interpellée par les paroles du professeur.

"Je voudrais savoir qui va au bal ?" demande-t-il, rompant le silence pesant.

La peur monte en moi. J'avais complètement oublié cette obligation. Face à la situation, je n'ai plus envie d'y aller. Je compte attendre la fin du cours pour en discuter avec le professeur, mais sa réponse m'attriste. Je suis contrainte d'y assister, ayant signé un engagement préalable. Le simple fait de savoir que Waren et les autres seront là me terrifie. Je sors de la classe et retourne dans ma chambre avant le cours suivant, cherchant un semblant de sécurité.

Soudain, des coups répétés à la porte résonnent, accompagnés de ricanements. Tout sentiment de sécurité s'envole. Ne pouvant verrouiller la porte sans la clé détenue par Shirley, je saisis son téléphone, prête à composer le numéro de la police, même si la peur m'empêche d'appeler.

Dans le silence qui suit, un soulagement éphémère m'envahit, mais bientôt, le poids du silence devient oppressant. J'attends, laissant les minutes s'écouler jusqu'à ce que la sonnerie retentisse. J'ouvre finalement la porte avec prudence, scrutant chaque recoin du couloir avant de descendre les escaliers et de rejoindre la salle de classe. Mon angoisse est telle que j'en oublie de saluer la professeure en entrant, m'installant au fond de la classe pour éviter les regards.

Je remarque que Shirley me dévisage, ce qui ne fait qu'accroître mon malaise. Pourtant, je me perds dans un tourbillon de pensées sombres, laissant mes jambes trembler et mes mains jouer machinalement. En relevant la tête, je m'aperçois que Mme Chapelle me fixe, semblant perplexe. Je m'imaginais déjà qu'elle me prendrait pour une folle.

Après un moment, je réalise que tout le monde écrit, mais je suis dépourvue de toute motivation. La sonnerie libératrice finit par retentir, mais avant que je ne puisse quitter la salle, la professeure m'interpelle, demandant à me voir à la fin de l'heure. Une boule d'anxiété se forme dans mon estomac. Je sais déjà qu'elle va me faire la morale comme les autres professeurs.

Je la regarde attendre que les autres élèves sortent, puis elle prend finalement la parole.

"Je voulais savoir si tu vas bien ?" me demande-t-elle, me surprenant par sa sollicitude. Depuis quand une enseignante se soucie-t-elle du bien-être mental d'une élève ? Je suis paralysée par la peur, incapable de trouver les mots pour lui répondre. Je souhaite partager mon fardeau, mais la crainte des conséquences m'en empêche. Les seuls mots qui franchissent mes lèvres sont un mensonge : "Ça va." Pourtant, je sais que ce n'est pas vrai.

Elle semble peu convaincue, mais finit par acquiescer. Je quitte la salle, retournant dans ma chambre où Daisy m'attend.

Je m'enferme dans la salle de bain, submergée par des torrents de larmes que je tente de dissimuler sous le bruit du robinet. Je me laisse tomber au sol, près de la baignoire, et reste là toute l'après-midi.

Quand je sors enfin, Shirley me regarde avec étonnement, me demandant ce que j'ai fait pendant tout ce temps.

"Je faisais des masques," répondis-je sèchement, tourmentée. Après un moment, elle me demande si je vais bien.

"Oui," répondis-je en soufflant, me sentant de plus en plus épuisée. "T'es sûre ?" insiste-t-elle.

"Oui, putain ! Pourquoi tout le monde me demande ça ?" criai-je, surprise moi-même par mon ton agressif. Je quitte la chambre précipitamment, me réfugiant dans les toilettes où j'enfile mes écouteurs pour me calmer. Mais malgré la musique, les paroles blessantes que j'ai entendues résonnent encore dans ma tête.

Il reste un dernier cours pour aujourd'hui. Alors que la musique résonne dans mes oreilles, des voix se font entendre, parlant de moi. "Tu as vu comment elle a crié ?!" dit l'une.

"Mais oui, c'est abusé ! Ça se voit, elle veut trop chercher l'attention," affirme une autre.

Leur méchanceté me blesse profondément. Pourquoi sont-ils si cruels ? Honteuse, je reste dans les toilettes, incapable de sortir. Le temps passe, mais l'obscurité ne fait que s'intensifier. Lorsque la sonnerie retentit de nouveau, je sors enfin, me dirigeant vers la salle de classe.

Comme à chaque cours, je m'assois à l'arrière, mais cette fois-ci, Johan s'avance vers moi avec un sourire cruel. Une lueur d'angoisse envahit mes veines. Je tente de me rassurer en me disant qu'il ne peut rien faire devant le professeur, mais il jette mon sac par terre, proférant des insultes qui me répugnent pendant que je me baisse pour le ramasser. "Le cul !" lance-t-il, déclenchant les rires de tous. Je me sens mal et confuse, mais le retour de la professeure me soulage quelque peu. "Cessez de rigoler et asseyez-vous, s'il vous plaît !" demande-t-elle d'une voix ferme.

Les élèves obéissent, mais je lutte intérieurement. Ce cours se déroule dans un mélange d'inquiétude et de souffrance intérieure. Pourquoi sont-ils si cruels avec moi ? Je m'efforce toujours d'être une bonne personne pour les autres, alors pourquoi ne font-ils pas de même avec moi ? Je les déteste pour cela. Mais en même temps, je me déteste aussi, car j'ai l'impression que tout est de ma faute. Pourquoi moi ? Pourquoi pas quelqu'un d'autre ? Mon cœur saigne, mais je n'ai aucun pansement pour le soigner. Une fois de plus, je refuse de prendre des notes ou de suivre le cours. Peut-être que cela me permettra d'être renvoyée.

Aujourd'hui, le réveil a été terrible. Je n'ai presque pas dormi de la nuit. Épuisé, je me lève pourtant et descends les escaliers. Un rendez-vous est prévu dans le hall. Je rejoins donc la foule, ou plutôt, mon enfer. Cette boule au ventre, qui ne date pas d'aujourd'hui, est toujours là. Je remarque le directeur qui prend le micro pour parler.

"Bonjour à tous," articule-t-il. "Comme vous le savez, le bal se déroulera ce soir à 18h, dans la salle de fête. Je vous prie de respecter les règles et n'oubliez pas d'apporter vos plus beaux vêtements !" dit-il en souriant.

Mon cœur hurle, je hurle intérieurement. Je n'ai pas envie d'y aller... Je n'ai ni le courage ni la force mentale. Je n'ai même pas la force d'aller en cours, alors pourquoi aurais-je la force d'aller à un fichu bal ? Je remarque de l'autre côté que Mme Chapelle me regarde encore avec cet air inquiet. Je n'ai pas envie d'attirer sa pitié, ce n'est pas mon intention, je déteste voir ce regard sur moi.

Les élèves retournent à leurs activités. L'après-midi se déroule paisiblement, sans pression car aujourd'hui aucun cours n'a lieu. Mais la tension due à ces misérables qui pourrissent ma scolarité demeure toujours. Le soir tombe et les élèves commencent à se préparer et à enfiler leurs vêtements. Moi, je suis allongé sur mon lit, avachi. Je me décide à m'habiller seulement lorsque Shirley m'encourage à me lever.

Je me regarde dans le miroir, essayant de retenir mes larmes. Je ne comprends pas pourquoi Shirley continue de me parler après tout ça. "Tu ne te maquilles pas ?" demande-t-elle.

"Pas envie," répondis-je.

Je fais volte-face pour sortir de la chambre à contrecœur et rejoins les élèves en bas afin d'aller à la salle de fête. Lorsque nous y arrivons, nous entendons de la musique résonner et les professeurs sont déjà présents dans la salle.

Nous entrons dans la grande salle baignée de lumière et de néons colorés provenant des leds. Dès que j'atteins la salle, je cherche un coin où je peux me mettre durant tout le bal, et remarque un fauteuil émeraude un peu plus loin. Je me dépêche d'aller m'asseoir avant que quelqu'un d'autre prenne la place. Tandis que je compte désespérément les minutes, les autres dansent en duo. Et alors que je suis enfermé dans les labyrinthes de mon esprit, Mme Chapelle s'avance vers moi.

"Bah alors, tu ne danses pas ?"

"Non, ce n'est pas mon truc," avouais-je.

Et alors qu'elle s'apprête à répondre, Waren s'avance vers nous et dit quelque chose qui ne me plaît pas.

"June, je t'invite à danser," propose-t-il en souriant d'un air sarcastique.

La boule au ventre que je ressens depuis plusieurs jours se transforme en coup de couteau qui me taraude l'estomac. Alors que je m'apprête à répondre, Mme Chapelle remue le couteau dans la plaie.

"C'est une bonne idée ! Vas-y, June !" réclame-t-elle en souriant de plus belle.

Une marée nébuleuse de pensées inquiétantes me tourmente l'esprit. Waren me saisit le poignet et me tire vers la piste de danse sans que je puisse dire quoi que ce soit, notamment à cause de la frayeur qui me bloque. Il pose ses mains sur mes hanches, et, paralysée par la peur, je le laisse faire sans bouger.

"Qu'est-ce que tu attends pour mettre tes mains ?" dit-il avec le même sourire qui m'agace.

Je fais ce qu'il dit en espérant qu'il me laisse tranquille et pose mes mains sur ses épaules. Des minutes interminables s'écoulent. Lorsque la musique change, il descend ses mains un peu plus bas, ce qui me rend encore plus apeurée. Je voudrais me détacher de lui, m'en aller loin d'ici, mais que penseront les gens de moi ? Que pensera Mme Chapelle de moi ? Mais je trouve rapidement une idée.

"Je vais boire de l'eau."

Alors que je m'apprête à me détacher de lui, il me serre fortement afin que je ne parte pas. Je me retrouve bloquée et statufiée. Une lueur de détresse s'empare de moi. Cela se déroule pendant plusieurs minutes, qui sont toutes de trop. Enfin, cela s'arrête lorsqu'un professeur nous appelle pour manger. En observant la salle, je remarque que Daisy et Shirley ne sont pas présentes. Cependant, je vois Leslie accompagnée d'un jeune garçon. Je m'empresse de me détacher de son emprise et d'aller m'asseoir à la grande table, vêtue d'une nappe pourpre en velours. Des parts de gâteau sont déjà posées à chaque place. Mais je n'ai aucun appétit, sûrement à cause de cette affreuse boule au ventre. Pour ne pas paraître impolie, je mange quelques bouchées, mais il en suffit de quelques-unes pour me rassasier. Je pose la cuillère sur la table et attends patiemment que les autres finissent de manger. Une fois de plus, Mme Chapelle m'observe comme si j'étais une enfant. Néanmoins, son doux regard brun posé sur moi me détend quelque peu. Lorsqu'elle s'aperçoit que je la regarde aussi, elle me rend un sourire délicat, qui me réchauffe le cœur.

Une vingtaine de minutes passent, et alors que les adultes sont partis dehors pour fumer ou discuter, les élèves se remettent à danser et à rire aux éclats. Moi, je me dirige vers les toilettes pour me retrouver seule. Je me rince le visage à l'eau froide et me regarde dans le miroir taché. Je remarque mes cernes; mon visage témoigne de ma fatigue. J'espère que les autres ne le remarquent pas. Je ne veux pas attirer leur pitié.

Je jette un coup d'œil à mon téléphone, que je n'avais pas touché depuis un long moment, et je remarque que j'ai beaucoup de messages manqués. Mais je n'ai pas la force de répondre, alors je l'éteins. Je fais volte-face et m'apprête à sortir, mais une ombre jaillit sur le sol et s'approche progressivement. C'est Waren. Alors que je l'aperçois et que mon cœur fait un bond dans ma poitrine, les autres arrivent aussi. Je me dépêche de sortir des toilettes, mais ils se postent tous devant moi et me retiennent. Johan me tire dans une cabine.

"C'est bon, tu peux."

Waren entre dans les toilettes tandis que Johan en sort.

"Qu'est-ce que tu fais ?" dis-je d'une voix tremblante.

"Ferme-la," réplique-t-il, lui qui avait l'habitude de parler de manière soutenue.

Il me retourne et me pousse contre le mur. À ce moment-là, je me sens mourir mentalement, ce n'est pas une mort physique, mais une érosion mentale qui me consume. Une douleur invisible ronge chaque parcelle de mon esprit. Il fut un temps où je me sentais vivante, où chaque journée était une promesse de joies. Mais ces souvenirs appartiennent maintenant à une autre personne, à une autre vie que je ne reconnais plus. Cette fille, pleine de rêves et de joies, semble disparaître peu à peu. Des taches se forment sur mon corps. Il m'a ôté la vie. C'est lui mon meurtrier, la cause de ma mort. Il m'a tuée.

Lorsqu'il termine son acte ignoble, il me jette brutalement par terre et s'en va avec ses amis qui ricanent derrière la porte. Je suis incapable de bouger. Je suis paralysée. Aucune larme ne sort. Mon corps est inerte, ne réagit plus, comme si un choc l'avait brutalement frappé. Aucune pensée ne vient à mon esprit. Je reste allongée par terre pendant de longues heures, jusqu'à ce qu'une fille entre dans les toilettes et appelle mon nom.

"June ? T'es là ? Les adultes te cherchent."

Aucun mot ne sort de ma bouche. J'attends qu'elle s'en aille pour me relever, cherchant scrupuleusement une quelconque accroche pour me tenir. Je sors des toilettes et rejoins les autres qui sont déjà dehors. Je baisse le regard pour éviter de croiser celui de mon meurtrier et de ses complices. Mais une oppression intense m'envahit. Une douleur me fait sentir coupable.

En arrivant au château, je m'empresse de rejoindre ma chambre et me recroqueville sur mon lit. Des torrents de larmes s'échappent. Je pose ma main sur ma bouche pour étouffer tout bruit lorsque j'entends la porte s'ouvrir. Je tire la couette au-dessus de moi. La nuit, quand tout est calme, la souffrance semble s'amplifier. Les pensées sombres deviennent plus bruyantes. Le sommeil m'échappe, remplacé par des heures de tourment silencieux. Lorsque le silence règne en maître dans la chambre, j'enlève le drap de ma tête et vérifie si les filles dorment. Je me lève doucement pour ne pas les réveiller et me dirige vers la douche. Je me déshabille et regarde ce corps avec dégoût. Ce corps qu'il a fortement malmené. Ce corps qui ne m'appartient dorénavant plus.

Je monte dans la baignoire et allume l'eau brûlante, laissant celle-ci se déverser sur moi. Je prends un gant de toilette et frotte brutalement l'entièreté de mon corps pour essayer de nettoyer les taches, mais elles peinent à s'enlever. Les larmes ne cessent de couler. Je reste ainsi durant de longues heures, tentant d'effacer ses mains qui semblent toujours être sur moi. Je peux les sentir, se balader sur chaque recoin de mon corps. Je hais cette sensation, ce sentiment que mon corps lui appartient. Il n'est pas là physiquement, mais il l'est mentalement.

Lorsque je m'aperçois que le jour se lève, je me dépêche de me rhabiller avec ce même sentiment de répugnance, et retourne dans mon lit. Les filles se lèvent, tandis que je reste allongée, faisant semblant de dormir. Je ne vais pas en cours ce matin, je n'ai pas la force mentale d'y aller, ni le courage.

Je commence à m'énerver lorsque j'entends la porte toquer, pensant que c'est Daisy ou Shirley. Je hurle "Non !" très sèchement, mais cela n'empêche pas la personne d'entrer. Une voix familière, mais qui n'est pas la leur, résonne.

"June ? Je viens voir comment tu vas. Tu n'es pas venue en cours ce matin."

Je me retourne et vois Mme Chapelle.

"Je vais bien."

Elle me regarde d'un air inquiet, comme si ma réponse n'était pas convaincante. Elle s'approche encore plus de moi et poursuit la discussion.

"Tu es sûre ?"

Je voudrais lui dire la vérité, mais... Et si elle ne me croit pas ? Et si tout est de ma faute ? Et si elle le dit au directeur ? Je voudrais me confier à elle, mais j'ai trop peur. J'ai tellement honte. Alors ma voix se tait.

"Oui," réponds-je froidement. "Je suis juste fatiguée."

Elle acquiesce et s'en va. Cette fatigue est en réalité mentale, et elle me consume entièrement.

Lorsqu'elle quitte la chambre, je me sens profondément mal. De lui avoir répondu ainsi, de ne pas lui avoir parlé. Mais la peur est dominante. Il faut que je remplace cette douleur mentale par autre chose. Pour ne plus y penser. Une seule idée me vient à l'esprit. Je me redresse et cherche mon rasoir. Je le casse et récupère la fine lame. Je vais dans la douche et m'assois par terre. Alors que des chaudes larmes s'échappent, je commence à me faire du mal physiquement. En me disant qu'en ressentant une douleur physique, la souffrance mentale s'atténuera. Je prends un mouchoir et le pose sur mon bras. Lorsque je termine cet acte, une culpabilité envahissante me submerge. Je regarde mes cicatrices avec dégoût, ressentant une aversion envers moi-même. Je sors de la douche et retourne dans mon lit, tandis que mes pensées s'entremêlent et tournoient dans mon esprit.

Quelques jours plus tard, alors que je restais une fois de plus dans mon lit, je réalisai que cela faisait plusieurs jours que je n'étais pas allée en cours. Ressentant cette même oppression, je me levai pour aller chercher ma lame. En fouillant chaque recoin de la salle de bain et ne la trouvant pas, je me souvins que je n'avais pas pensé à la cacher. Une angoisse terrible s'accumula dans mon cœur. Et si quelqu'un l'avait vue ? J'essayai de me calmer en me disant que ce n'est pas parce que quelqu'un avait vu une lame qu'ils sauraient ce que je me fais. Je continuai à tout retourner et à la chercher partout jusqu'à ce que j'entende la porte claquer derrière moi. Je me retournai et remarquai Mme Chapelle. Alors que je m'apprêtais à lui demander ce qu'elle faisait là, elle prit les devants.

"Je sais que tu cherches cette lame," dit-elle en la montrant. "Parle-moi, June, tu n'es pas seule. Pas tant que je suis là."

"Vous avez fouillé dans ma chambre ?" demandai-je.

Après quelques secondes d'hésitation, elle répondit enfin.

"C'est Daisy qui me l'a dit."

En entendant ses propos qui me glacèrent le sang, je commençai à m'énerver. Et alors qu'elle le remarquait, elle tenta de me calmer.

"Elle s'inquiète pour toi ! Elle me l'a dit pour ton bien."

"Pour mon bien ? Daisy est méchante."

Depuis quand cette fille s'inquiète-t-elle pour moi ? Elle a toujours été méprisante envers moi, tout comme les autres. Son hypocrisie me surprenait énormément et m'agaçait.

"Elle a l'air méchante, mais elle ne l'est pas," souffla-t-elle. "Quoi qu'il en soit, il ne faut pas te faire de mal. Tu ne mérites pas ça. Qu'est-ce qui ne va pas ?"

Alors que je m'apprêtais à lui répondre, les larmes me montèrent aux yeux. Mon épuisement mental se lisait maintenant sur mon visage, et je regrettai. Elle s'approcha de moi et me caressa l'épaule.

"Je...," bégayai-je, "je ne peux pas vous le dire... C'est trop risqué."

"_ Qu'est-ce qui est risqué ?" me demande-t-elle.

Après quelques secondes de réflexion, je réponds avec fermeté : "Parce que je sais que vous ne pouvez pas le garder pour vous," dis-je en pleurant.

Elle me regarde d'un air inquiet, plus inquiète que les fois précédentes.

"Il est vrai que s'il s'agit de quelque chose qui te met en danger, je serais bien obligée de le dire à des personnes plus compétentes et qualifiées que moi. Mais si tu me parles de comment tu te sens, je ne le dirai à personne. Ça restera entre toi et moi. Assieds-toi," me propose-t-elle. "Je pense que tu as besoin de parler."

Je m'assois sur le pied du lit tandis qu'elle prend place sur la chaise, attendant une réponse de ma part.

"Je suis épuisée mentalement," dis-je, les larmes aux yeux. "Je me sens seule. Je me sens très mal ici. Je ne me sens pas en sécurité... C'est pourquoi je ne viens plus en cours."

"Qu'est-ce que je peux faire pour toi ?" demande-t-elle. "Et si tu te places à côté de moi pendant mon cours, est-ce que ça t'aiderait ?" propose-t-elle.

Après réflexion, je pense que sa proposition pourrait peut-être m'aider. Je finis donc par accepter. Elle m'avoue qu'elle ne peut pas rester plus longtemps car elle doit donner cours, mais qu'elle est là si j'ai besoin d'aide.

"Oh j'oubliais," dit-elle alors qu'elle s'apprête à partir. "Il y a un goûter cet après-midi. Tu viendras ? Je pourrais rester avec toi si tu veux."

"Oui, pourquoi pas," dis-je.

Elle me rend un sourire de compassion et s'en va, tandis que je retourne dans mon lit. Les heures passent et l'heure du goûter arrive. Je descends en bas avec une boule au ventre et lorsque j'arrive à la salle à manger, je cherche du regard Mme Chapelle, et je la trouve enfin. Je remarque qu'elle a laissé une place libre à côté d'elle, ce qui réchauffe mon cœur. Je m'avance vers elle et lorsqu'elle m'aperçoit, elle m'adresse un grand sourire.

"_ Je suis fière de toi ! Tu as réussi à venir, assieds-toi !"

Je fais ce qu'elle me dit en la remerciant. Je remarque qu'une part de gâteau est posée sur chaque assiette. Je n'ai pas très faim, mais je m'efforce de manger. En regardant autour de moi, je remarque Daisy, qui n'a pas touché à son assiette. Je me demande pourquoi elle ne mange jamais. Subitement, je me rappelle d'un événement qui a eu lieu il y a quelque temps. Je l'avais entendue vomir dans les toilettes. Je ne sais pas ce qu'elle a ni ce qu'elle fait, mais je suis prête à le découvrir. Dès maintenant. Lorsque je la vois se diriger vers les toilettes, je la suis en disant à la professeure que j'arrive.

En entrant dans les toilettes, je m'arrête face à elle, l'observant. Elle soupire d'exaspération avant de prendre la parole.

"Je sais que tu es énervée pour ce que j'ai dit à Mme Chapelle, mais..."

"Je t'arrête," l'interrompis-je, "je ne suis pas venue pour ça."

Elle me regarde, interloquée.

"Pourquoi tu ne manges pas ?"

La peur se lit aisément sur son visage. Ses mains tremblent et un rictus se forme sur ses lèvres. Alors qu'elle s'apprête à sortir, je la rattrape par le bras.

"Pourquoi veux-tu savoir ça ?" demande-t-elle.

Je prends une longue respiration avant de répondre.

"Parce que tu as voulu m'aider en donnant la lame à la professeure. Je veux faire pareil avec toi."

"Je... Je ne sais pas trop quoi dire," balbutie-t-elle.

Alors que j'attends qu'elle me donne une réponse, j'essaie de la détendre en lui proposant de prendre son temps. Je lui dis même que si elle n'a pas envie de parler, je comprends. Mais elle se met à se confier, ce qui m'étonne énormément. La Daisy habituelle se serait énervée.

"J'ai des problèmes avec la nourriture... Je ne peux plus m'arrêter. Je suis coincée dans un cercle vicieux. Soit je ne mange pas, soit je mange et je me fais vomir."

"Mais pourquoi ?" demandai-je, inquiète.

"Parce que concentrer mon attention sur mon alimentation me permet d'oublier certaines choses."

Je la regarde, désemparée, sans savoir quoi dire.

"Je suis désolée d'entendre ça... Je ne sais pas quoi te dire. Je ne pensais pas que tu étais..."

"Oui, j'ai l'air méchante," me coupe-t-elle, "mais c'est ma seule façon de cacher mes faiblesses," finit-elle par dire en s'en allant.

Ses propos me laissent sans voix. Je regrette de ne pas l'avoir comprise plus tôt et de ne pas avoir vu ce qui n'allait pas. Je regrette profondément mes réactions envers elle. Alors que je fais volte-face pour m'en aller à mon tour, je vois mon meurtrier, ce qui remue le couteau dans la plaie qui n'a toujours pas cicatrisé.

Il s'approche de moi et me susurre à l'oreille :

"Tu as dit quoi à Mme Chapelle ?" demande-t-il, agacé, en fermant son poing.

"Je n'ai rien dit."

Il s'avance encore plus vers moi.

"Si tu dis ce qui s'est passé ce soir-là, je te promets que je te pourrirai la vie encore plus que je ne l'ai fait."

Mes mains deviennent moites, mon cœur bat la chamade. Il s'en va, et j'attends quelques minutes avant de retourner à ma place. Lorsque je m'assois, Mme Chapelle me regarde et me demande si ça va. Je lui réponds que je vais bien pour ne pas l'inquiéter, mais j'ai une seule chose en tête. Et cette chose, loin d'être méliorative, sera bientôt faite. Ce soir.

PARTIE 2
TEMPETE
Tel un navire dérivant en pleine tempête, je suis prise au piège dans
les tourbillons tumultueuses de mes pensées, cherchant
désespérément un port pour trouver la paix.

Chapitre 16 – ébahissement

Alors que la nuit enveloppe l'académie Souls et que ses étudiants dorment paisiblement, je vérifie discrètement si Daisy et Shirley sont endormies. Elles le sont, et comme à chaque fois, Daisy porte son casque, donc elle ne risque pas d'entendre mes pas. Je me dirige vers la salle de bain où j'avais caché ce que j'avais l'intention de faire : des médicaments.

Pour une fois depuis quelques semaines, je me sens soulagée. Soulagée parce que je sais que cet enfer va bientôt prendre fin. Soulagée parce que je vais enfin arrêter de souffrir inutilement. Aucune larme ne coule.

Je sors les plaquettes de la boîte et les avale une par une. J'en prends au moins une vingtaine. Quelques minutes passent et tout s'éteint subitement.

Quelques heures après

Les bruits d'une machine me réveillent progressivement. Mes yeux s'ouvrent et j'essaie de reprendre mes esprits. Je remarque que je suis sur un lit recouvert de draps blancs. Un bureau se trouve à côté avec une bouteille d'eau face à mon lit. Je comprends alors que je suis à l'hôpital. Je cherche mon téléphone mais ne le trouve pas. Quelques minutes passent et une infirmière entre dans la chambre.

"Oh, tu es réveillée ? Comment te sens-tu ?"

"Bien," mens-je.

Elle pose des feuilles sur le bureau et commence à me poser des questions, comme "quel est ton prénom" et "quelle est ta date d'anniversaire". Puis elle repart et revient un peu plus tard pour me mettre un bracelet autour du poignet.

"Tes parents vont bientôt venir," annonce-t-elle d'une voix métallique.

"Quoi ? Mais, attendez, où sommes-nous ?"

"Nous sommes à l'hôpital de Rivercity."

Rivercity est loin de la ville où habitent mes parents. Ils ont donc fait le trajet, mais depuis combien de temps ? Cela signifie que je suis restée ici pendant plusieurs jours.

"Depuis quand suis-je ici ?"

"Depuis une semaine."

Sa réponse ne m'atteint pas. Je me sens livide, comme morte. Elle sort de la chambre et me laisse seule avec moi-même. Le temps passe et je m'ennuie. Il n'y a rien à faire. Je remarque une télécommande et j'allume la télévision pour tenter de passer le temps. Mais la même personne revient pour me donner une information qui m'étonne.

"Une certaine Gyselle Chapelle est venue te voir."

Mme Chapelle ? Ses paroles me réconfortent. Je ne m'attendais pas à ce qu'elle vienne me voir. C'est si gentil de sa part. Sa bienveillance me surprend toujours. Je la vois entrer dans la chambre avec un sourire réconfortant

"June," souffle-t-elle, "je suis désolée, je n'aurais pas dû te laisser seule..."

"Madame, ce n'est pas de votre faute... De toute façon, vous n'auriez rien pu changer."

Elle me regarde avec cet air inquiet. Elle pose ses mains chaudes sur les miennes. Alors que le silence règne dans la pièce, des larmes coulent sur mes joues. Je repense à tout ce qui s'est passé, à tout ce que j'ai enduré. Et je pense que je peux lui faire confiance. Parfois, nous n'avons pas besoin d'une multitude d'actions et de paroles pour savoir si nous pouvons faire confiance à quelqu'un, nous le ressentons simplement en étant avec lui. Et c'est ce que je ressens avec elle. Je lui raconte donc sans réfléchir ce qui m'a conduit à agir ainsi. Je lui raconte tout ce qui s'est passé. Son visage se décompose, elle ne s'attendait à rien de tout cela.

"Je ne sais pas quoi dire..."

Elle baisse la tête, abasourdie.

"Il m'a tuée," dis-je d'une voix brisée.

Un rictus se forme sur son visage.

"June, tu peux surmonter ça," dit-elle. "La douleur est totalitaire, elle envahit tout, mais avec le temps, les choses s'apaisent. Tiens," dit-elle en écrivant un numéro sur un bout de papier, "si tu as besoin de parler, appelle-moi. Ah oui, j'oubliais, Daisy m'a donné son numéro pour te le donner," dit-elle en sortant un autre bout de papier, "tiens."

Ses paroles m'apportent du réconfort. De plus, sa voix douce m'apaise et m'emporte. Alors que je m'apprête à la remercier pour son soutien, mes parents font irruption dans la chambre, agités et colériques.

"Qu'est-ce qui t'a pris ?" hurle ma mère.

"Tu es complètement folle ou quoi !" dit Marco.

Mme Chapelle se lève et demande à mes parents de se calmer.

"Écoutez, votre fille souffre..."

Mais mon père ne lui laisse pas terminer et reprend la parole d'un ton ferme.

"Ma fille souffre ?," il éclate de rire, "ça lui passera, c'est la crise d'adolescence, je pense."

L'infirmière entre à son tour dans la chambre et tente de détendre l'atmosphère. Pendant ce temps, je lutte intérieurement. Leurs paroles me tourmentent profondément. Des larmes coulent à nouveau et Mme Chapelle vient m'enlacer en me susurrant à l'oreille que ça va aller, ce qui me rassure une fois de plus. Sa présence me donne un sentiment de sécurité.

"Je dois vous parler," avoue l'infirmière.

L'incompréhension m'envahit. J'espère que ce qu'elle va dire sera quelque chose de positif.

"Votre fille va être hospitalisée en psychiatrie."

Subitement, je me sens très mal et honteuse. Je me lève de mon lit et affirme qu'il est hors de question que je sois envoyée dans un asile de fous.

"Vous êtes malheureusement obligée... Vous êtes en danger pour vous-même, nous ne pouvons pas vous laisser sortir."

Un sentiment de culpabilité m'envahit. Je commence à regretter mon geste. La professeure tente de me rassurer en me disant que cela pourrait peut-être m'aider, mais j'en doute.

"Les pompiers arrivent pour vous emmener."

Une vague d'angoisse me parcourt. Mes mains tremblent et Mme Chapelle, qui le remarque, pose une fois de plus les siennes sur les miennes, réchauffant mon cœur. Quant à mes parents, ils continuent de s'agacer et de proférer des bêtises. Alors que mon père s'en va, cela me déchire le cœur. J'ai tenté d'ôter la vie qu'ils m'ont donnée, et tout ce qu'ils me donnent en retour, c'est de l'agacement ? Cette attitude me touche profondément. La réaction de mon père ne m'étonne pas, mais celle de ma mère me surprend. Je pensais qu'elle prendrait le temps de comprendre, mais ce n'est pas le cas. Le conflit persiste. Heureusement, il y a la professeure pour rester à mes côtés et me rassurer. Alors que mes parents quittent la chambre, elle reprend la parole et m'avoue quelque chose qui ne me surprend pas.

"June, je suis désolée, mais il faut que je contacte la police pour ce qu'ils t'ont fait."

Je baisse la tête et acquiesce.

Soudain, mon cou semble se mouvoir involontairement, se penchant en arrière. Je suis prise de tremblements, et je ne comprends pas ce qui m'arrive. La professeure me regarde avec une expression étrange, interrogeant la raison de cette posture. Mais je suis incapable de lui répondre, perdue dans cette soudaine agitation. Une infirmière entre dans la chambre et constate la situation.

"Elle fait des convulsions !" affirme-t-elle, appelant les autres infirmières à l'aide.

Elles arrivent en hâte, plaçant un masque d'oxygène sur mon visage. Je respire à travers le masque, mais des nausées surgissent soudainement. Une des infirmières demande à une autre de me mettre sur le côté. Quelques minutes plus tard, mes tremblements cessent et mon cou retrouve sa position normale. L'infirmière retire le masque et me demande si je vais mieux. Je lui réponds par l'affirmative, mais une question me taraude.

"Qu'est-ce qu'il s'est passé ? Qu'est-ce qui a provoqué ça ?" demandé-je.

"Tu as fait une crise d'épilepsie," répond-elle.

Sa réponse me froisse. "Qu'est-ce qui a provoqué ça ? Je n'en ai jamais fait."

"Ce sont les médicaments que tu as pris," explique-t-elle.

Je suis abasourdie. Je n'aurais jamais pensé que ces médicaments pourraient déclencher une telle crise. L'infirmière s'éloigne et la professeure revient à mes côtés, caressant mes cheveux.

"Tu me promets de ne plus recommencer ?" me demande-t-elle.

"J'essaierai," soufflé-je, "pour vous."

Elle me sourit avec douceur. Quelques minutes plus tard, des hommes entrent dans la chambre avec un brancard. Ce sont les pompiers. Ils m'invitent à m'installer sur le brancard, tandis que Mme Chapelle me dit au revoir. Après avoir retiré ma perfusion, ils m'emmènent à l'extérieur pour monter dans leur camion. Le trajet se fait dans le silence, le pompier resté avec moi occupé à écrire sur une tablette noire.

Nous arrivons finalement dans un centre médical, où je suis conduite à l'intérieur. Une infirmière vient nous accueillir à la porte.

"Bonjour, c'est pour l'admission de June Nyx ?" demande-t-elle.

L'homme acquiesce et lui remet une feuille. Ils me laissent ensuite avec l'infirmière, qui m'emmène dans une petite salle. Après m'avoir posé plusieurs questions, elle me fouille et vérifie que je n'ai pas d'autres affaires. Je secoue la tête en signe de négation.

"On te passera des affaires", dit-elle.

Elle m'accompagne jusqu'à ma chambre à travers un couloir aux murs blancs. Elle ouvre la porte de ma chambre à clé, et je pénètre à l'intérieur. Un lit, un bureau et une armoire occupent l'espace, les murs aussi blancs que le couloir. Elle me laisse seule dans ma chambre. Je me dirige vers la fenêtre et tente de l'ouvrir, mais elle ne s'ouvre qu'en partie.

Fatiguée et tourmentée, je m'allonge sur le lit et reste là toute la journée. Quelques infirmiers viennent me voir de temps en temps, mais ils me laissent tranquille et ne me parlent pas. Jusqu'à ce qu'une infirmière vienne me demander de sortir de ma chambre.

"June, il faut que tu sortes un peu de ta chambre. Il faut que tu sociabilises avec les autres, allez viens. Et je ferme ta chambre."

Sa réponse m'agace. J'étais tranquille dans mon lit et elle ose me déranger. Je me lève donc, sans vraiment avoir le choix, et je me dirige vers le hall où de jeunes personnes sont autour d'une table en train de jouer à un jeu de cartes. Je m'assois au fond sur un banc pour être tranquille. Alors que je m'égare dans mes pensées, une vieille dame s'approche de moi et me demande de la suivre. On me dérange encore une fois. Je la suis donc jusqu'à une salle où il y a deux fauteuils placés face à face. Je m'assois sur l'un d'eux et elle s'assoit sur l'autre.

"Je vais être ta psychiatre pour cette hospitalisation," annonce-t-elle.

Génial.

"Des policiers nous ont appelés, ils souhaitent venir ici te parler. Ils ne nous ont pas dit la raison car il y a le secret professionnel. Ils seront là dans une heure."

Je hoche la tête en guise de réponse.

"Bon, qu'est-ce qui t'a amenée à passer à l'acte ?" me demande-t-elle en croisant les bras.

Je réfléchis avant de répondre.

"Je me sentais mal, et c'était pour moi la solution pour échapper à ce mal-être."

Elle me regarde sans dire un mot, prenant des notes dans son carnet en vinyle.

"As-tu encore des idées suicidaires ?", demande-t-elle après un moment.

Après réflexion, je décide de répondre que non, craignant qu'une réponse positive ne prolonge mon séjour ici. Elle continue de me poser toutes sortes de questions pendant une vingtaine de minutes. Lorsque je sors de la salle, je retourne dans ma chambre, mais la porte est toujours fermée. Je retourne donc dans le hall et m'assois sur le banc. Alors que je me noie une fois de plus dans l'océan de mes pensées, une jeune fille aux cheveux courts s'approche de moi et me demande si je veux les rejoindre.

"Oui, pourquoi pas", répondis-je.

Je les rejoins à la grande table ovale et m'assois sur une chaise en bois. Il y a trois filles, une rousse et deux brunes. L'une d'entre elles commence à me poser des questions qui me mettent mal à l'aise.

"Tu es là pour quelle raison ?", demande-t-elle.

Alors que je ne sais pas quoi répondre, la fille aux cheveux roux prend le relais.

"Tu n'es pas obligée de répondre", dit-elle en souriant, "ce n'est pas une question à poser, Lexie !"

"Oh, désolée ! Je m'appelle Lexie Doyle, et toi ?", demande-t-elle.

"June," soufflais-je, "June Nyx."

Alors qu'elle sourit largement, la rousse me donne son prénom.

"Moi, c'est Brooke Knight," dit-elle.

Je hoche la tête en souriant. La troisième fille est trop occupée à colorier dans un cahier de coloriage.

"Ça vous dit un Monopoly ?" propose Lexie.

Elles acceptent toutes la proposition, donc je finis par faire de même. La troisième fille, Victoria Woods, appelle un certain Kase Foll. Celui-ci arrive, avec des cheveux bruns bouclés qui lui tombent sur le front, et s'assoit à côté de moi. Je sens une angoisse monter dans ma gorge, sans comprendre pourquoi. Je ne me sens pas en sécurité, c'est le même sentiment que celui que je ressentais lorsque j'étais à l'académie. Nous jouons donc pendant une trentaine de minutes, jusqu'à ce qu'un policier vienne me voir

Ils m'emmènent dans la même salle que tout à l'heure, et nous nous asseyons. Le silence règne jusqu'à ce que l'homme commence à parler.

— Alors, dit-il en consultant un carnet, une professeure de l'académie Souls m'a contacté pour me parler de vous. Vous pouvez m'expliquer ?

Ma gorge se noue. La terreur m'emprisonne, me brisant la voix. Je ne veux pas en parler, ou plutôt, j'ai peur d'en parler. C'est un inconnu, je ne le connais que depuis deux minutes, comment pourrais-je lui faire confiance ? Avec Mme Chapelle, c'était différent. De plus, son regard ahuri posé sur moi me stresse encore plus que je ne le suis déjà.

— Je... balbutiai-je, je suis désolée, j'ai du mal à en parler.

— Pas de soucis, prenez votre temps, dit-il.

Je prends une longue respiration et, sans le remarquer, je me triture les mains.

— J'étais aux toilettes, soufflai-je. Et lorsque je m'apprêtais à sortir, ils sont entrés. Puis l'un m'a tenue et m'a enfermée aux toilettes avec l'autre, dis-je avant de reprendre mes esprits. Il a redressé ma robe. Puis...

Sans que je termine ma phrase, des larmes commencent à couler sur mes joues. Il me regarde avec étonnement, puis reprend la parole.

— Où ça s'est passé ?

— Dans les toilettes de la salle de fête.

Il prend des notes dans son carnet.

— Comment étiez-vous habillée ?

Cette question me plante un couteau dans le dos. Je lui demande pourquoi cette question, et il me répond que cela fait partie de la procédure. Je ne comprends pas en quoi ma tenue est pertinente ici. J'ai l'impression qu'on remet la faute sur moi.

— Je vous l'ai déjà dit, réponds-je, agacée.

Il continue de prendre des notes.

— Personne ne vous a entendu ? Vous n'avez pas crié ? questionne-t-il.

— J'étais pétrifiée ! Comment voulez-vous que je crie ?! répliquai-je.

— Calmez-vous, mademoiselle, demande-t-il, son ton condescendant faisant écho à une longue tradition de minimisation des expériences des femmes.

Mes larmes continuent de couler à flots, et une pression s'accumule au creux de mon ventre. Son regard froncé me met encore plus mal à l'aise.

— Est-ce que vous vous sentez seule, Mme Nyx ?

Je le regarde, ahurie.

— Pourquoi cette question ?

— Répondez, insiste-t-il.

Je réfléchis un instant, puis lui réponds d'un ton ferme.

— Parfois. Surtout depuis ce qui est arrivé.

Il me regarde, écrit sur son carnet, puis pose une question qui me glace le sang.

— Recherchez-vous une quelconque attention ?

Comprenant ce qu'il pense de ma situation, je me lève, furieuse.

— Vous vous foutez de moi ? Vous ne me croyez pas ?! criai-je en fermant les poings.

Deux infirmières entrent dans la salle alors que je continue à hurler.

— Comment osez-vous les défendre ? Pourquoi personne ne me croit ?!

Elles me tiennent par les bras et me sortent de la salle alors que je suis en sanglots. Je me sens affreusement seule et incomprise. J'essaie de me débattre, mais il est impossible de me défaire d'elles. Je les entends chuchoter derrière moi. Elles m'emmènent dans une salle inconnue, où seul un lit est présent. Elles s'en vont et me laissent seule. Puis j'entends le bruit de la serrure, et je comprends qu'elles m'ont enfermée. Je frappe contre la porte et leur hurle de me laisser sortir. Je continue ainsi pendant quelques minutes, jusqu'à ce qu'une voix résonne, provenant d'un micro au plafond.

— Si tu continues de faire ça, tu ne sortiras pas bientôt.

— Où suis-je ? demandai-je.

— Tu es en chambre d'isolement, souffle-t-il. Nous t'avons mise là pour que tu te calmes.

— Quand est-ce que je vais sortir ?

— Demain, avoue-t-il, si tu te comportes bien.

Je cesse donc de m'acharner sur la porte et m'allonge sur le lit, vu qu'il n'y a que ça à faire ici. Je reste ainsi pendant des heures, me perdant dans mes pensées sombres.

Chapitre 18 – l'étreinte de la sérénité

Je me réveille lorsque j'entends l'infirmière ouvrir la porte et entrer pour m'apporter mon déjeuner : une brioche avec de la confiture.

— Comment tu vas ? demande-t-elle.

— Bien, mentis-je.

Je déglutis ce maigre repas et patiente en espérant que quelqu'un vienne enfin me sortir d'ici. L'attente est interminable, l'odeur de renfermé de la chambre ajoutant à mon malaise. Finalement, une infirmière revient et m'annonce que je peux sortir. Victoire ! Je sors précipitamment et me dirige vers le hall, où se trouvent les patients que j'ai rencontrés la veille. Ils semblent surpris de me voir.

— Oh, tu es sortie ! s'exclame Brooke.

— T'as de la chance, il y en a qui sont restés une semaine, avoue Victoria.

Je les regarde, ahurie.

— Comment vous savez que...

Victoria ne me laisse pas terminer.

— On t'a vue hier.

Je baisse la tête en guise de réponse. Brooke s'approche de moi et demande si je veux en parler. Je lui réponds que c'est gentil, mais que je n'en ai pas envie.

— On a cours de danse ce matin ! s'exclame-t-elle.

Je suis dégoûtée. Déjà que j'ai passé la nuit dans une chambre qui me répugne, maintenant je dois faire semblant d'être motivée pour danser ? Je leur demande si je suis obligée d'y aller, et elles me répondent que oui.

— Je te conseille, si tu veux vite sortir d'ici, de montrer que tout va bien ! Donc, sois motivée ! affirme Lexie.

Je sens que cette hospitalisation va être mentalement éprouvante. Une infirmière nous interrompt en pénétrant dans le hall et nous demande de nous préparer. J'enfile mon manteau et mes bottes noires, puis, lorsque tout le monde est prêt, nous sortons de l'établissement. Les infirmiers discutent entre eux. Je réalise que si j'ai envie de fuguer, c'est possible. Mais je veux sortir d'ici le plus vite possible, alors mieux vaut rester tranquille. Nous entrons dans un garage et montons dans un camion. Le trajet se fait en musique et en discussions. Quelques minutes plus tard, nous arrivons devant un bâtiment ancien. Nous descendons du véhicule et entrons dans le bâtiment. Un homme nous accueille et nous accompagne vers une grande salle de danse. Il commence à introduire son cours et nous montre un exemple.

— Il faut que vous ressentiez ce que vous dansez. Vos mouvements doivent être fluides, dit-il en effectuant un geste gracieux. Et surtout, regardez autour de vous, ne baissez pas le regard. Maintenant, marchez et regardez autour de vous.

Nous faisons ce qu'il dit, même si cela semble un peu ridicule. Mais comme on dit, le ridicule ne tue pas. Quelques minutes plus tard, il nous demande de créer une chorégraphie. Mon cœur fait un bond dans ma poitrine. Premièrement, je ne sais pas danser.

Deuxièmement, je ne veux pas danser devant tout le monde. Je jette des coups d'œil aux autres pour m'inspirer. Puis, je me laisse entraîner par mon imagination, comme lorsque j'écris. Je laisse mes émotions danser à ma place. Une bulle se crée autour de moi. Plus rien n'importe. Les gens autour de moi ne sont plus une source d'angoisse.

Après un certain temps, le professeur nous demande de présenter notre chorégraphie chacun notre tour. Quand vient mon tour, je m'avance au milieu de la piste de danse. Sous les regards amusés des autres, je me mets à danser. À la fin de ma prestation, le professeur s'avance vers moi et affirme :

— Voilà un bon exemple pour montrer que lorsque l'on met de l'émotion, la danse devient plus parlante.

Les autres m'applaudissent. Eh bien, tout finit bien. Moi qui avais peur de faire n'importe quoi.

Nous rentrons enfin à l'académie. Une des filles propose de jouer à action ou vérité ensemble. J'accepte, car il faut bien trouver quelque chose pour s'occuper.

— Lexie, dit Victoria en souriant malicieusement, marche à quatre pattes devant le bureau des infirmiers.

Tout le monde éclate de rire.

— T'es sérieuse là ? demande Lexie en ricanant.

— Bah quoi ? T'en es pas capable ? la taquine Victoria.

Lexie se lève en souriant et se dirige vers le couloir menant au bureau des infirmiers. À notre grand amusement, elle se met à quatre pattes et marche le long du couloir devant le bureau. Nous rions encore plus fort, mais silencieusement pour ne pas attirer l'attention. Quelques minutes passent et elle n'est toujours pas revenue. Victoria propose de continuer sans elle.

— Alors, dit-elle en réfléchissant. Puis, trouvant une idée, elle sourit de plus belle. Kave, embrasse June.

Cette réclamation me fait frissonner. Pourquoi moi ? Alors que Kave est aussi surpris, il tourne la tête vers moi.

— On l'a tous déjà fait, affirme Brooke. Ce n'est pas la première fois que nous jouons à ce jeu.

Il acquiesce en souriant et s'approche de moi, puis pose délicatement ses lèvres sur les miennes. Ce qui devait être un moment magique se transforme en une scène de chaos intérieur. Ma respiration s'accélère lorsque je sens sa main sur mon épaule. Je me détache de lui et respire difficilement. J'ai l'impression que je vais mourir. Mon cœur bat la chamade, il tambourine comme s'il souhaitait sortir de ma poitrine. Une sensation d'oppression s'empare de moi, comme si une corde serrait mon cœur.

Chaque respiration semble insuffisante. Une chaleur intense m'envahit et un vertige accompagne tous ces symptômes. Mon esprit est submergé par une marée de pensées catastrophiques. Des scénarios effrayants défilent dans ma tête à une vitesse fulgurante. J'ai l'impression que quelque chose de terrible va se passer, un sentiment qui me replonge dans mon enfer passé.

— Qu'est-ce qu'il y a ? June ? demande Brooke.

Je parviens à peine à parler.

— Je... Je ne peux pas... respirer, dis-je difficilement.

— Elle fait une crise d'angoisse ! constate Victoria.

Brooke s'avance et s'agenouille devant moi.

— Je suis là, June. Rien ne va t'arriver, souffle-t-elle. Regarde-moi, respirons ensemble. Inspire, expire, doucement.

Son calme m'aide à me concentrer sur ma respiration. Peu à peu, l'angoisse reflue, mais l'impression d'être incomprise et seule reste bien présente. Le jeu, censé être amusant, m'a plongée dans une détresse profonde. En observant les réactions de mes camarades, je réalise combien ils sont inconscients des effets de leurs actes et des réalités que je dois affronter.

Elle prend mes mains tremblantes dans les siennes.

— Ferme les yeux et écoute-moi. Respirons ensemble. Inspire par le nez, un, deux, trois. Et expire par la bouche, un, deux, trois.

J'essaie de suivre le rythme, mais je peine à me calmer. Brooke ne se décourage pas et continue, sa voix douce et rassurante persistant dans l'air.

Voyant que cela ne suffit pas, elle décide de me parler d'une voix encore plus apaisante, une voix qui me rappelle celle de Mme Chapelle.

— Je suis là; tu es en sécurité avec moi.

Lentement, je commence à me détendre dans l'étreinte de Brooke. Sa respiration calme et régulière agit comme une ancre, stabilisant ma panique.

— Ferme les yeux. Concentre-toi sur les sensations, les odeurs, et ma voix.

Je fais ce qu'elle me dit. Lorsque je rouvre les yeux, bien que la fatigue persiste, ma respiration s'est apaisée.

— Merci... Je ne sais pas ce que j'aurais fait sans toi, dis-je
faiblement.

— Je ne te laisserai pas affronter ça toute seule. Viens, dit-elle en
se levant.

Elle m'emmène dans ma chambre et m'installe dans mon lit,
ajustant la couverture sur mes épaules. Le poids réconfortant du
tissu m'offre une sensation de sécurité.

— Nous reparlerons plus tard de ce qui s'est passé. Pour l'instant,
repose-toi.

Alors que le sommeil m'emporte, Brooke reste assise à côté de moi,
veillant sur moi comme une gardienne. La pièce retrouve son
calme, contrastant avec la tempête qui venait de se dérouler. La
sérénité s'installe grâce à la présence réconfortante de Brooke.

La lumière douce du matin commence à percer à travers les
rideaux, illuminant la pièce d'une lueur chaleureuse. Les souvenirs
de la crise d'angoisse semblent s'estomper légèrement, remplacés
par un sentiment de gratitude envers Brooke. Malgré la fatigue, je
sens une lueur d'espoir, une petite flamme de résilience allumée par
la compassion de mon amie.

— Tu as été incroyable, murmure Brooke. Repose-toi bien, on a
tout le temps qu'il faut.

Elle reste là, sa main posée doucement sur la mienne, m'offrant un
réconfort silencieux. Le monde extérieur s'estompe lentement, ne
laissant que la sécurité et la chaleur de ce moment partagé.

Chapitre 19 – l'écho du passé

À mon réveil, je comprends que j'ai dormi toute la soirée et toute la
nuit, ce qui me surprend. Je me redresse et me rince le visage avant
de sortir de la chambre. Dans le couloir, je remarque les filles
rassemblées devant une salle. Curieuse, je les rejoins et demande ce
qu'elles attendent.
— On attend nos médicaments, affirme Lexie.
J'acquiesce en silence. Brooke s'approche de moi, son regard plein
de sollicitude.
— Tu vas mieux ? me demande-t-elle.
— Oui, je vais mieux, réponds-je, bien que ce soit un mensonge.
Son sourire réconfortant me fait du bien. Sa présence est une
véritable bouée de sauvetage.
— Encore merci, dis-je sincèrement.
— C'est normal ! répond-elle avec chaleur.
À ce moment, l'infirmier m'appelle, ce qui me surprend car je n'ai
normalement pas de traitements.
— Assieds-toi, dit-il.
Je m'assois sur un brancard, le regardant prendre des pilules.
Intriguée, je lui demande ce que c'est.
— Tu n'as pas été mise au courant ? Ce sont des antidépresseurs.
C'est ton premier jour, il fera effet au bout d'un mois si c'est le bon.
Des antidépresseurs ? Je ne me considère pas dépressive, alors
pourquoi me donne-t-on ce médicament ? Je préfère ne rien dire
pour éviter de retourner en chambre d'isolement. Je prends le
comprimé blanc avec un trait au milieu et l'avale sous le regard de
l'infirmier, avec un gobelet d'eau. Ensuite, je rejoins les autres dans
le hall. Juste au moment où je m'apprête à m'asseoir, Brooke saisit
mon bras, ce qui me fait sursauter.
— Je veux te parler, dit-elle.
Intriguée, je la suis jusqu'à sa chambre. Elle me propose de
m'asseoir à ses côtés sur son lit.

— Tu te rappelles hier, je t'avais dit que je voulais qu'on reparle de ce qui s'est passé, commence-t-elle.
— Oh, j'avais complètement oublié ! dis-je, surprise.
Son visage s'assombrit d'inquiétude.
— Tu as fait une crise d'angoisse lorsqu'il t'a embrassée... Je m'imagine donc des tas de raisons et je m'inquiète.
Je baisse le regard. C'est vrai que c'est assez suspect de faire une crise d'angoisse à ce moment-là. Brooke, se souvenant de ma réaction précédente, hésite à poser sa main sur mon épaule puis la retire rapidement. Son soutien est très précieux pour moi.
— Tu n'es pas obligée de m'en parler, avoue-t-elle, mais si un jour tu en ressens le besoin, sache que je suis là.
Je la remercie chaleureusement et elle me sourit. Nous sortons de la chambre, Brooke retourne au hall tandis que je me dirige vers les toilettes à côté. Mes pas résonnent sur le sol carrelé, je rentre dans une cabine. Des souvenirs atroces surgissent alors dans mon esprit.
Flashback
J'étais aux toilettes quand ce blond aux yeux bleus m'a fixée et poussée pour soulever la robe qu'il m'avait aidée à choisir...
Fin du flashback
— Non... pas encore... murmuré-je.
Ma respiration s'accélère, mes mains tremblent. Je ferme les yeux, espérant repousser les images qui défilent sans relâche. Des larmes silencieuses coulent sur mes joues. J'entends l'écho des voix de mes bourreaux, je ressens de nouveau la douleur physique et émotionnelle. Chaque son, chaque mot semble réel, comme si cela se passait à nouveau.
— Arrêtez... s'il vous plaît, arrêtez... dis-je en sanglotant.
La porte des toilettes s'ouvre alors.
— June ? Je t'ai entendue parler, ça va ?
Des sanglots m'échappent, mais je ne réponds pas, submergée par les souvenirs. Brooke toque doucement à la cabine.
— Ouvre la porte, s'il te plaît, je suis là.
J'ouvre lentement la porte, laissant Brooke me voir en larmes, recroquevillée sur moi-même.
— Respire avec moi, d'accord ? On va faire la même chose qu'hier.

J'écoute ses instructions, mais les sanglots compliquent ma
respiration. Elle me dit des mots réconfortants pour me calmer. Elle
prend mes mains dans les siennes.
— Tu veux en parler ?
J'hésite mais finis par hocher la tête. Je prends une grande
inspiration et commence à parler, la voix tremblante.
— C'était avant que je vienne ici, les garçons de mon école me
harcelaient chaque jour, et l'un d'eux a fini par m'agresser. Et... je
viens de revoir ces souvenirs.
— Je suis vraiment désolée... Tu n'avais pas à endurer tout ça. C'est
une épreuve difficile, mais je sais que tu vas t'en sortir.
Elle m'aide à me relever et nous nous dirigeons vers les lavabos.
Brooke mouille un mouchoir pour le passer sur mon visage et
sécher mes larmes. Je la remercie du fond du cœur, sentant un peu
de réconfort malgré la douleur encore vive.
— Prends ton temps, on sortira d'ici quand ça ira mieux.
Je commence à me sentir mieux. Les tremblements diminuent et
ma respiration redevient normale.
— Merci de ne pas m'avoir laissée seule.
— Je serai toujours là pour toi, et si les souvenirs reviennent, viens
me voir. On les affrontera ensemble.
Sa présence me rappelle que je n'ai pas à porter seule le poids de ce
que j'ai enduré. Nous sortons des toilettes et marchons lentement
dans le couloir pour rejoindre les autres. L'atmosphère semble plus
légère grâce à Brooke, et je me sens un peu plus apaisée.
— Venez, on joue à un jeu, comme ça on se change les
idées, propose l'une des filles.
L'une d'entre elles sort un jeu de cartes intitulé "Skyjo".
— Tu connais ce jeu ? me demande Brooke.
— Non, je ne le connais pas, lui réponds-je.
Elle commence alors à m'expliquer les règles avec patience et
enthousiasme, ce qui m'aide à me distraire de mes pensées
sombres.
— Skyjo est un jeu de cartes où le but est de marquer le moins de
points possible. Chaque carte a une valeur et on essaie de remplacer

les cartes de haute valeur par des cartes de basse valeur, explique-t-elle en me montrant les cartes colorées.

Son explication est claire et son enthousiasme contagieux. Je commence à me sentir un peu plus à l'aise, prête à me laisser entraîner dans le jeu. Les autres filles se joignent à nous, et nous formons un cercle sur le sol. Le bruit des cartes mélangées, les rires et les plaisanteries commencent à remplir l'air, créant une ambiance conviviale.

— Tu verras, c'est facile, ajoute Lexie en souriant. On va bien s'amuser.

_Préparez vous à perdre les amis ! affirme Kave.

Nous commençons à jouer, et petit à petit, je me surprends à rire avec les autres, à me concentrer sur le jeu plutôt que sur mes souvenirs douloureux. L'angoisse qui me serrait le cœur se dissipe peu à peu, remplacée par une sensation de camaraderie et de soutien.

_ Et on peut échanger les cartes ? Demandais-je en étant attentive.

_ Oui, tu peux échanger une carte de ta main avec celle que tu pioches ou prends dans la défausse. Tu révèles ensuite ta carte échangée face visible.

_ Et si tu as trois carte identiques dans une colonne tu peux l'enlever, avoue Victoria.

Brooke distribue les cartes, et tout le monde les place et les organise, puis retourne deux cartes. C'est Lexie qui commence.

Ils redistribuent les cartes et se préparent pour le prochain tour, plaisantant et se taquinant les uns les autres.

L'après midi continue avec rires et compétitions amicales, les cartes passant de main en main et les scores variant à chaque tour. Le groupe d'amis profite de la journée, renforçant leurs liens à travers le jeu.

À chaque tour, Brooke me guide, m'encourage, et ses conseils m'aident à prendre confiance. Le jeu devient une échappatoire, un moyen de retrouver un semblant de normalité.

Après plusieurs parties, je réalise que j'ai réussi à passer un moment sans penser à mon traumatisme. C'est une petite victoire, mais une victoire tout de même. Le soutien de Brooke et l'ambiance amicale de nos camarades m'ont permis de retrouver un peu de sérénité.

— Merci, Brooke, dis-je doucement. Ça m'a vraiment fait du bien.

Elle me sourit, ses yeux reflétant une profonde compréhension.

— Je suis contente que tu te sentes mieux. N'oublie pas, tu n'es pas seule.

Cette journée, malgré les hauts et les bas, m'a montré qu'il est possible de trouver des moments de répit et de joie même dans les périodes les plus sombres. Avec des amies comme Brooke, je sais que je peux affronter ce qui m'attend.

Chapitre 20 – l'illusion du bonheur

Cela fait deux semaines maintenant que je suis hospitalisée. J'ai appris par Lexie que les parents ont le droit d'appeler leurs enfants, mais je réalise avec amertume que mes parents ne m'ont pas appelé une seule fois. Cette indifférence me blesse profondément. Heureusement, je me suis rapprochée de Brooke, qui me réconforte dès qu'elle remarque que je ne vais pas bien. Pourtant, elle ne montre jamais ses émotions et ne parle jamais d'elle-même. Curieuse d'en savoir plus, je décide de la questionner un peu.
— Au fait, tu ne m'as jamais dit, tu es là pour quelle raison, si ce n'est pas indiscret ?
Elle baisse la tête avant de répondre.
— Je souffre du trouble de la personnalité borderline.
— J'en ai déjà entendu parler, mais je ne connais pas trop cette maladie. Je sais à quel point ça peut être dur de souffrir de ça !
Elle hoche la tête en souriant faiblement.
— Lorsque j'étais plus jeune, mes parents me battaient, avoue-t-elle. Parce que je suis lesbienne et qu'ils ne m'acceptaient pas telle que je suis.
Je la regarde, un mélange d'inquiétude et de répugnance envers l'acte de ses parents dans les yeux.
— Ils sont si médiocres...
— Oui, finit-elle par dire.
— Je suis vraiment désolée. Ça a dû être très dur de vivre quotidiennement des violences, surtout pour cette raison. Tout ce que tu voulais, c'était être aimée. Et on ne choisit pas qui on aime.
Elle me remercie pour ma compréhension.
— Les filles, on y va, affirme un infirmier.
Aujourd'hui, nous avons comme activité d'aller au centre commercial et au parc pour prendre notre goûter. Nous montons dans le véhicule, et le trajet se déroule dans la bonne humeur et l'amitié. Arrivées au centre commercial, la première boutique que nous visitons est une boutique de figurines et de mangas.
— Oh, regarde celui-là, dit Kave en montrant un manga intitulé "Demon Slayer".

— Oh, je connais ! affirmé-je. J'ai vu le film, d'ailleurs, il est génial !

Nous nous baladons dans la boutique, fouillant un peu partout. Je trouve un poster d'un animé que j'ai adoré, nommé "Violet Evergarden". Les couleurs violettes et les plumes qui voltigent autour de la fille sont splendides. C'est dommage que nous n'ayons pas le droit d'acheter quelque chose, et de plus, ils ont gardé mon porte-monnaie. Sinon, je l'aurais acheté.

Après quelques minutes, nous sortons de la boutique et nous dirigeons vers le parc comme prévu. Nous remarquons une crêperie au loin et nous y allons. Je prends une crêpe au Nutella, puis nous nous installons sur un drap que l'infirmier a pris et posé sur l'herbe. Tout se passe bien, nous discutons paisiblement. Le chant des oiseaux apporte un sentiment de sérénité.

Quelque temps après, nous marchons le long d'un quartier pour profiter du beau temps.

— Oh, regardez ! affirme Kave. La foire !

— Oh, on peut y aller ? demande Victoria à l'infirmier.

Il réfléchit, puis finit par accepter.

— Mais vous faites qu'un seul manège, nous n'avons pas assez d'argent.

Nous nous dirigeons vers la grande foire et choisissons sans hésiter les voitures tamponneuses. Le parc d'attractions est en effervescence, des enfants rient, des manèges tournent et des stands de nourriture embaument l'air de sucrerie. La zone des voitures tamponneuses est éclairée par des néons colorés. La musique techno bat son plein.

L'infirmier a acheté nos places, puis je me mets avec Brooke dans une voiture. Les voitures démarrent avec un bruit de moteur électrique, et Kave accélère en visant Victoria et Lexie.

— Préparez-vous ! dit Kave.

— Oh non, tu ne nous auras pas facilement.

Elles avancent de l'autre côté pour les esquiver, et Brooke et moi fonçons sur lui, qui n'a rien vu venir, étant trop préoccupé à les viser.

— Surprise ! affirme Brooke.

Nous le percutons de plein fouet, ce qui nous fait éclater de rire. Nous continuons à nous pourchasser, nos rires résonnant dans l'air. Les collisions sont fréquentes et amicales. Mais ce moment de rigolade n'efface pas mes pensées, et mes souvenirs me hantent toujours. J'ai toujours cette sensation sur mon corps, que les tâches y sont toujours. Mais ne voulant pas gâcher l'atmosphère, je ris de plus belle et affiche mon plus beau masque.

Nous faisons trois parties avant de rentrer à l'académie. En entrant dans le hall, une psychiatre appelle Brooke pour un rendez-vous. Je vais donc dans ma chambre et prends un livre qui me plonge dans un univers intriguant, avec des personnages qui me questionnent. J'adore la psychologie des personnages. Pourquoi sont-ils comme ça ? Qu'ont-ils vécu pour devenir ainsi ? Les livres me permettent de me questionner davantage là-dessus.

Alors que je me sentais normale, je tombe sur un passage du livre qui réveille mes traumatismes. Même s'ils étaient déjà présents, ils se cachaient pour revenir plus fort lorsqu'ils en avaient la possibilité. Je me lève et me regarde dans le miroir protégé pour empêcher les patients de le casser et de se blesser avec.

Je vois un corps qui n'est plus le mien, un corps qui me répugne profondément et qui me détruit. Je me déshabille et commence à gratter fortement chaque partie de mon corps. Des plaques rouges apparaissent. Peut-être que faire du mal à celui-ci m'empêchera de ressentir et de repenser au mal qu'ils m'ont fait. Je m'habille en ressentant des douleurs un peu partout, puis j'entends quelqu'un frapper à la porte de ma chambre. Je vérifie dans le miroir que rien n'est visible, puis je dis "oui". Lorsque la porte s'ouvre, je vois apparaître Brooke.

— Oh, c'est toi ! dis-je.

Elle me regarde, ahurie.

— Ça va ?

Je suis stupéfaite. Comment fait-elle pour remarquer que ça ne va pas ? Même lorsque je ne montre rien et que je souris ? Je me rends compte que c'est une amie très chère, en qui je peux avoir confiance.

— Je suis désolée, June... dit-elle, mais je dois partir.

Je la regarde, surprise, et lui demande ce qu'elle veut dire par là.

— Ma psychiatre m'a dit que je sors aujourd'hui.

Une lueur d'accablement et d'amertume m'envahit, mais je souris pour lui montrer que je suis contente pour elle, car il est certain que rester ici n'est pas enviable.

— C'est cool ! Tu dois être contente !

— Oui, beaucoup ! Mais je suis navrée de te laisser comme ça...

Je m'avance vers elle et lui murmure quelques mots doux.

— Pense à toi, c'est le principal.

Elle me remercie et me donne un bout de papier avec son numéro de téléphone, me promettant de ne pas me laisser tomber lorsque je sortirai d'ici. Je l'accompagne jusqu'à la sortie et la vois partir. En réalité, elle me manque déjà. Je retourne dans ma chambre et m'allonge sur mon lit jusqu'à ce que le dîner et l'heure des médicaments arrivent. Ma psychiatre m'a prescrit, en plus des antidépresseurs, un médicament pour dormir.

Je vais donc le prendre. Contrairement à l'autre, c'est une petite pilule bleue. Je me dirige ensuite vers la salle à manger, où se trouvent les autres, et m'assieds en face de Kave car Victoria et Lexie sont déjà ensemble. Comme plat, il y a des pâtes, du taboulé, du riz et un yaourt en guise de dessert. Le dîner se passe dans le silence, contrairement à quand il y avait Brooke.

Une fois terminé, je retourne une fois de plus dans ma chambre car je n'ai rien d'autre à faire. Mais Victoria m'interpelle et me demande de les rejoindre à la salle TV. J'acquiesce et les rejoins. Je m'installe sur un fauteuil en plastique, fichtrement inconfortable, et mets un coussin derrière moi. La salle baigne dans une lumière tamisée.

— Alors, les amis, on regarde quoi ? questionne Lexie en montrant des DVD.

— Une comédie romantique ! propose Victoria.

— Oh non, pas tes trucs à l'eau de rose encore, pouffe Kave. Et pourquoi pas un film policier ?

Lexie regarde les DVD et propose une idée qui enchante tout le monde.

— Et pourquoi pas un classique, comme Le Cercle des poètes disparus ?

Sous les réponses positives des autres, elle allume la télé et met le DVD. Le film commence et ils se taisent pour regarder. Les lumières scintillent. Le film progresse, et nous discutons du costume de l'acteur.

— Élégant, affirmé-je.

Alors que le film poursuit, je me perds dans le tourbillon de mes pensées qui provoque une tempête. Et Je ressens les mêmes émotions qui me tourmentent depuis un bon moment. Amertume. Dégoût. Culpabilité. Et j'en passe... Il y a des émotions que je ne saurais pas identifier. Parfois, je ressens des choses que moi-même je ne comprends pas. Mes mains deviennent moites et humides tandis que je les torture inconsciemment. Je me remémore ces moments où j'ai voulu jouer le jeu de Waren et le provoquer. Je le regrette profondément et me dis que ce n'est pas moi, que je n'aurais jamais dû me comporter ainsi.

Alors que je me dirige vers les cabines de douche, j'aperçois Lexie sortant de la douche avec un eye-liner parfaitement appliqué.

« Ça te va super bien ! » lui dis-je.

« Oh, merci ! Mais toi aussi, ça t'irait super bien en vrai ! »

Je souris davantage. « Merci, c'est gentil. Je n'en ai jamais mis ! »

« Oh, il le faut ! Ça mettrait tes yeux verts en valeur ! »

Je la remercie pour sa gentillesse et entre dans la douche. Je me déshabille et contemple ce corps qui me donne un sentiment de dégoût. J'allume l'eau brûlante et me frotte chaque partie de mon corps couvert de tâches. Ma peau devient rouge. Je reste longtemps sous l'eau, espérant qu'elle me nettoie de toutes ces marques qui refusent de partir. Finalement, j'entends une infirmière frapper à la porte.

« June ? Il faut que tu te dépêches, les autres t'attendent pour manger. »

Je me dépêche pour ne pas retarder le déjeuner. Je sors de la douche sous le regard ahuri de l'infirmière, puis retourne dans ma chambre pour déposer mon pyjama. Ensuite, je rejoins la salle à manger où les autres attendent devant la porte que les infirmiers l'ouvrent.

« J'en peux plus de rester ici », souffle Victoria.

« T'es pas la seule », avouais-je.

Les soignants arrivent et nous laissent entrer dans la salle. Nous nous lavons les mains et nous asseyons. Ils demandent à chacun notre tour ce que nous voulons. Pour ma part, je réclame un chocolat chaud et un morceau de pain avec du beurre. Je déguste mon repas, puis, une fois terminé, nous sortons et allons dans notre point de rendez-vous habituel, le hall.

« Brooke me manque », affirme Lexie.

« Elle nous manque à tous », dit Victoria.

C'est vrai, sa présence me manque terriblement. Après quelques minutes de silence, l'une d'entre nous le coupe.

« Bon, on fait quoi ? »

« On s'ennuie à mourir », souffle Lexie, avant d'ouvrir grand les yeux et d'avoir une idée.

« Et c'est quoi ton idée ? »

Elle nous regarde d'un air jovial et finit par avouer : « Et si je vous maquillais ? »

Nous éclatons de rire face à son idée qui nous semble d'abord nonchalante, mais nous finissons par accepter sa proposition.

« June ! » affirme-t-elle. « je Commence par toi. »

J'acquiesce en souriant. Elle s'en va et revient avec une trousse de maquillage. Elle sort deux pinceaux, un mascara et un eye-liner. Elle commence par appliquer le mascara sur mes cils et me donne un petit miroir pour me regarder.

« J'ai l'air bien ! »

Enjouée, elle sourit face à ma réponse qui l'enchante. Cette fois-ci, elle prend l'autre pinceau, place le dos de sa main sur ma joue et dessine un trait, puis un autre, qu'elle finit par colorier. Elle fait de même avec l'autre œil. Lorsqu'elle termine, je remarque qu'elle a fait un travail parfait. Les deux yeux sont symétriques et les traits sont fluides. Je lui en fais la remarque et me retourne pour montrer le résultat aux autres. Les yeux ainsi que la bouche de Victoria s'entrouvrent.

« Ça te va trop bien !! »

« Tu vois, je t'avais dit que ça t'irait bien ! »

Je souris pour les remercier et me regarde une fois de plus.

« Bon, Victoria, c'est à ton tour ! »

Elle s'apprête à prendre ma place lorsque leur attention se détourne soudainement. Un jeune garçon, tenant des sacs, entre dans l'hôpital aux côtés d'une infirmière.

« Un nouveau patient ! » affirme Kave. « Enfin, je n'en pouvais plus d'être entouré de filles. »

Tout le monde se tourne vers lui, le regardant d'un air blasé. Le garçon en question a les cheveux noirs, les yeux sombres et la peau mate.

« Venez, on va écouter derrière la porte », propose Kave.

« Mais t'es malade ? Et si on nous voit ? » dit Lexie.

« Moi, je suis d'accord », dit Victoria en souriant.

Ils se tournent vers moi pour avoir ma réponse.

« Si vous voulez. »

Nous nous faufilons dans le couloir et nous dissimulons derrière la porte du bureau des infirmiers. D'une oreille attentive, nous écoutons.

« Vous n'avez jamais été hospitalisé auparavant ? »

« Non », dit-il d'une voix grave, « mais je suppose que je n'ai pas le choix vu ce qui s'est passé. »

Nous échangeons des regards, intrigués.

« Il est crucial que vous suiviez le protocole, surtout après l'incident. »

Nous fronçons les sourcils. De quoi parlait-il ? Alors que des bruits de pas se rapprochent, nous nous dépêchons de retourner dans le hall avant que la porte ne s'ouvre.

« Je me demande bien ce qu'il a fait », avoue Kave.

Nous changeons de sujet et jouons à un jeu de cartes pour tuer l'ennui. Cela dure environ une trentaine de minutes, jusqu'à ce qu'un infirmier vienne nous proposer d'aller jouer au basket dehors. Alors que je vais dans ma chambre chercher mes chaussures, le nouveau m'interpelle.

« Salut ! Ça va ? » dit-il en souriant.

Étonné par son ton amical, je lui réponds moins enjoué que lui.

« Oui, et toi ? »

« Oui », dit-il en partant.

L'infirmier à côté de nous me demande si je le connais.

« Non. »

« Ah d'accord, je pensais qu'il te connaissait vu la façon dont il t'a parlé », dit-il en ricanant.

Je ris avec lui, aussi surpris que lui par la familiarité du nouveau. Il m'a adressé la parole comme s'il me connaissait depuis longtemps. J'enfile mes chaussures et retourne dans le hall. Nous sortons devant l'hôpital où il y a un panier de basket. Le soleil baignait le terrain d'une lumière dorée.

« On va commencer par un échauffement. Mettez-vous en ligne devant le panier et tirez chacun votre tour. »

Nous suivons ses instructions. Je ne marque que trois paniers. Victoria, elle, en marque huit. Apparemment, elle jouait au basket étant plus jeune.

« Maintenant, on fait des équipes de deux. Kave, tu es avec moi », dit l'infirmier.

Je remarque que le nouveau s'approche de moi et demande d'un air enjoué :

« On se met ensemble ? »

N'ayant pas le choix, j'accepte.

« Je m'appelle Oscar Cox, et toi ? »

« June », dis-je froidement.

Cela ne l'empêche pas de rester enjoué avec moi. Le ballon rebondit de main en main. Kave, dribblant habilement, fait une passe rapide à l'infirmier qui tente un tir à trois points. Le ballon effleure le panier et rebondit. Victoria saute pour l'attraper et le passe à Lexie.

Kave, dribblant habilement, fit une passe rapide à l'infirmier qui tenta un tir à trois points. Le ballon effleura le panier et rebondit. Victoria sauta pour l'attraper et le passa à Lexie. Avec une série de dribbles, Lexie se fraya un chemin à travers la défense et marqua un panier. L'équipe de Victoria et Lexie jubilait.

« Deux points pour Victoria et Lexie ! » annonce le soignant.

La partie recommence et nous marquons un point avec Oscar. Kave et le soignant n'ont toujours pas de points, mais ils finissent par en obtenir un lors de la troisième partie. Cependant, les vainqueurs sont Victoria et Lexie. Nous nous rassemblons devant la porte, tout essoufflés.

« Tenez », dit l'infirmier en donnant à chacun d'entre nous un gobelet d'eau.

Après une bonne séance de basket, nous rentrons enfin à l'hôpital. Alors que les autres vont à leurs points de rendez-vous, je m'arrête aux toilettes. En avançant, j'entends la porte se refermer derrière moi. Me retournant, j'aperçois Oscar. Je ne prête pas attention à lui malgré la tension qui monte, jusqu'à ce qu'il me parle.

« Tu veux le voir ? »

Je me retourne, interloquée.

Alors que je comptais lui demander de quoi il parlait, il ouvre sa braguette et dévoile son intimité.

Je me sens figée, incapable de bouger. Mon cœur bat si fort que j'ai l'impression qu'il va éclater. Une sueur froide coule le long de ma colonne vertébrale, et je sens mes mains devenir moites. Chaque muscle de mon corps est tendu, prêt à s'effondrer. Devant moi, la scène se déroule au ralenti, chaque détail gravé dans mon esprit comme un cauchemar dont je ne peux me réveiller.

Je veux détourner les yeux, mais je n'y parviens pas. La vue me remplit de dégoût. Mes jambes tremblent et menacent de me lâcher. J'essaie de respirer profondément, mais l'air semble épais, lourd, impossible à inhaler correctement. Chaque respiration est un effort herculéen. Je ferme les yeux, espérant que tout cela disparaîtra si je les garde fermés assez longtemps. Mais même dans l'obscurité de mes paupières, l'image de cette horreur reste imprimée, indélébile. Je sens un goût métallique dans ma bouche, probablement dû à la morsure de l'angoisse. Mes doigts s'enfoncent dans mes paumes, et la douleur aiguë me rappelle que je suis encore ici, encore en vie. Mais pour combien de temps ? La peur et le dégoût m'assaillent de nouveau, plus intenses que jamais, et je me demande si je pourrai un jour échapper à cette vision cauchemardesque.

Alors que je fais face à une bataille intérieure, il s'en va. Comme si rien ne s'était passé. Je me dépêche de sortir et de rejoindre ma chambre. Je ressens le même sentiment d'insécurité qu'à l'académie. Des milliers de questions me taraudent l'esprit. Pourquoi m'a-t-il fait ça ? Pourquoi m'ont-ils fait ça ? Je repense à lui, mais aussi à mes agresseurs. Des milliers d'émotions se propagent en moi. Mais aucune larme ne sort. Je pense que je me suis vidée de toutes mes larmes, mais elles vont sans doute se régénérer et revenir de plus belle.

Je m'assieds sur le rebord de mon lit, les mains tremblantes, alors que les souvenirs refont surface, s'infiltrant dans mon esprit comme une marée noire. Ils viennent sans prévenir, ces fragments de mon passé, ces éclats de douleur et de terreur. Je ferme les yeux, espérant trouver un refuge dans l'obscurité de mes paupières, mais c'est là que les images sont les plus vives.

Je revois leurs visages, ces regards froids et cruels qui semblaient jouir de ma souffrance. Leurs voix résonnent encore dans mes oreilles, chargées de moqueries et de menaces. Chaque mot, chaque ricanement, est une lame qui s'enfonce un peu plus dans ma mémoire, rendant chaque instant de ce cauchemar plus réel.
Je ressens encore le poids de leurs mains sur moi, la manière dont ils m'ont retenue, m'empêchant de fuir. Leur force brutale contrastait avec ma fragilité. La peur, paralysante, m'a empêchée de crier, de me défendre. Je me revois, terrifiée et impuissante, subissant leur violence avec une résignation désespérée. Cette sensation d'être piégée, d'être complètement à leur merci, revient me hanter chaque nuit.
Les lieux aussi sont gravés dans ma mémoire : les toilettes de la salle des fêtes. L'odeur de désinfectant mêlée à celle de la peur, la froideur des carreaux sous mes pieds nus, le bruit de l'eau qui goutte quelque part, tout cela revient avec une précision douloureuse. Je me rappelle chaque détail, chaque sensation, comme si mon esprit refusait de laisser quoi que ce soit s'échapper. Je ressens encore cette humiliation, ce sentiment d'être salie, brisée. Ils m'ont volé bien plus que mon innocence ; ils ont pris une partie de mon âme, une partie de moi que je ne suis pas sûre de pouvoir récupérer. Leur souvenir me hante, me poursuit, me torture. Même lorsque j'essaie de me reconstruire, de trouver un semblant de normalité, ces images reviennent toujours, comme un poison insidieux.
Je lutte chaque jour pour ne pas sombrer, pour ne pas laisser ces souvenirs me dévorer. Mais parfois, c'est trop. Parfois, la douleur est si intense que je me demande comment continuer. Mais je n'ai pas le choix. Je dois vivre avec ces cicatrices invisibles, ces blessures qui refusent de guérir.
Je rouvre les yeux et regarde autour de moi. La chambre est calme, paisible, un contraste cruel avec le chaos dans ma tête. Je prends une profonde inspiration, essayant de repousser les ténèbres.

Alors que je suis à la salle TV avec Lexie, ma psychiatre vient me voir et me demande de la suivre pour un rendez-vous. Je la suis donc vers la même salle que la dernière fois. Je m'assois face à elle et attends qu'elle prenne la parole.

"Comment te sens-tu ?" demande-t-elle.

"Bien," mentis-je.

"Oui, c'est ce que les infirmiers m'ont dit."

Je suis surprise et abasourdie par sa réponse. Comment peuvent-ils croire que je vais bien alors que ce n'est pas le cas ? Est-ce à cause de mes sourires et mes rires ? Ne savent-ils pas que je joue la comédie, que ce n'est qu'une illusion, un masque que je porte chaque jour pour cacher ma tourmente intérieure ? Ce n'est qu'une façade joyeuse et insouciante. Chaque éclat de rire cache un cri de détresse. Chaque mot aimable dissimule une souffrance silencieuse. Chaque matin, je me regarde dans le miroir et m'efforce de croire en cette illusion, de m'accrocher à cette image d'une personne forte et heureuse. Mais la vérité, c'est que chaque jour est une bataille contre moi-même.

Le masque est devenu une seconde peau, si bien ajusté que même moi, parfois, j'oublie ce qu'il cache. Mais à la tombée de la nuit, quand les lumières s'éteignent et que le silence m'entoure, la réalité me rattrape. La douleur, la peur, la solitude, toutes ces émotions refoulées éclatent, me rappelant la vérité que je m'efforce de cacher.

Je souhaite qu'ils puissent voir au-delà de cette illusion, qu'ils puissent comprendre que derrière ce masque se trouve une âme en quête de réconfort, une personne qui lutte chaque jour pour ne pas sombrer. Mais l'idée de révéler cette vulnérabilité me terrifie. Je crains le jugement, la pitié, le rejet.

Alors, je continue à porter ce masque, espérant qu'un jour, je trouverai la force de le retirer, de montrer au monde la vraie personne que je suis. Peut-être qu'alors, ils comprendront que ce sourire n'est pas seulement une façade, mais une promesse que je me fais à moi-même de continuer à avancer, malgré tout. Pour l'instant, je me contente de maintenir cette illusion, de porter ce masque avec dignité et courage. Car même si c'est un mensonge, c'est aussi ma manière de survivre, de montrer au monde que malgré la douleur, je suis toujours là, toujours debout.

"Ce sont sans doute les médicaments qui font effet, mais une rechute peut survenir à tout moment, il faut donc surveiller cela à ta sortie," dit-elle en prenant un bout de papier.

Je la regarde, ébahie. "Quelle sortie ?"

"Ton état s'est amélioré, alors tu sors aujourd'hui. De plus, c'est préférable pour toi vu l'incident d'hier. Tiens," dit-elle en me tendant le papier.

Je suis surprise et étonnée par cette annonce. Un mélange de soulagement et de peur s'accumule en moi. Je suis à la fois contente de sortir de cet endroit, mais aussi effrayée à l'idée de retourner aux dangers de la vie quotidienne. Mais je me dis que je suis aussi en danger ici avec le nouveau patient. Puis, je ne comprends pas pourquoi c'est à moi de sortir, et pas à lui. Pourquoi est-ce toujours la victime qui doit se protéger, et pas les coupables qui doivent être punis pour ce qu'ils font ?

"Tu peux aller faire tes affaires, tes parents arrivent."

Une peur se déferle dans mes veines. Qu'est-ce qu'ils vont bien me dire ?

Je retourne dans ma chambre et range les quelques affaires que j'ai dans mon sac. Cependant, je prends les affaires qu'on m'a prêtées durant cette hospitalisation et les rends à leurs propriétaires. Je retourne une fois de plus dans ma chambre pour prendre mon sac. Je le pose devant la porte de sortie, et avant de partir, je vais dire au revoir aux autres patients. Heureusement, Oscar n'est pas là ; tout ce que j'espère, c'est de ne plus jamais le revoir.

Je remarque derrière la porte vitrée, mes parents qui s'approchent. Enfin, l'infirmier vient m'ouvrir la porte et me laisse sortir. Je rejoins mes parents qui me regardent d'un air mécontent. Puis il repart, alors que nous nous dirigeons vers la voiture. Une fois à bord, le trajet se fait dans le silence, jusqu'à ce que je le rompe.

"Pourquoi ne m'as-tu pas appelé ?" demandais-je en tournant la tête vers ma mère.

Mais elle ne répond pas. Je lui repose une fois de plus la question.

"Tu es devenue folle. Que vont penser les gens de nous ?"

Sa réponse me fait froid dans le dos. Tout ce qu'elle pense, c'est ce que vont penser les gens. Tout ce que je souhaite, c'est une épaule sur laquelle me reposer, une oreille à laquelle parler. J'ai froid, mais ce n'est pas d'une couverture dont j'ai besoin, mais d'une personne à l'écoute. J'ai besoin d'elle. De son soutien. De son écoute. Mais elle ne le comprend pas, et ne veut pas chercher à comprendre.

"Qu'est-ce qui t'a pris de faire ça ?" demande mon père.

Je ne réponds pas. Vu leur réaction à mon geste désespéré, je préfère ne pas imaginer leur réaction si je leur raconte la raison de celui-ci.

"Je ne me sentais pas bien," dis-je, la voix tremblante. "J'ai besoin d'aide, de votre aide."

Ma mère soupire d'exaspération, ce qui me blesse.

"Tu as tout pour être heureuse, on t'a tout donné, et c'est comme ça que tu nous remercies ?"

"Mais tu ne comprends pas !" affirmais-je. "Je t'ai supplié de me laisser sortir de cette académie et tu ne m'as pas écoutée."

Elle me regarde, ahurie, puis reporte rapidement son attention sur la route.

"Il s'est passé quoi à l'académie ?"

Des larmes apparaissent et ruissellent. Elle les remarque, mais ne fait rien. Je remarque le visage fermé de mes parents, la tension est palpable.

"Ils m'ont agressée..." dis-je d'une voix tremblante, espérant être enfin écoutée, que leurs réponses m'aident.

Mes parents s'échangent des regards incrédules.

"Tu es sûre que ce n'est pas une exagération ?" demande ma mère, sceptique. "Tu sais, parfois, on interprète mal les choses."

"Je n'y crois pas, vous pensez que j'ai tout inventé, vous aussi ? Vous pensez que je me suis faite ça pour rien ?" dis-je, frustrée.

Un silence lourd et pesant tombe dans le véhicule.

"Je ne pensais pas que tu pouvais inventer un tel mensonge," dit mon père.

"Vous ne comprenez pas ! J'ai essayé de vous dire, mais chaque fois que je voulais parler, j'avais peur que vous ne me croyiez pas. Et maintenant, je vois que j'avais raison."

Alors que ma mère s'apprête à reprendre la parole, je lui demande de se taire et mets mon casque. Des larmes silencieuses s'échappent. Il m'est impossible de les retenir.

Je me sens complètement vidée. Mes parents ne me croient pas. Je savais que ce serait difficile de leur en parler, mais jamais je n'aurais imaginé qu'ils douteraient de moi à ce point. La douleur de leur scepticisme est pire que tout ce que j'ai vécu à l'académie. Je me sens trahie, seule, comme si le sol se dérobait sous mes pieds. Chaque mot qu'ils ont dit résonne encore dans ma tête, comme une gifle. Leur incrédulité, leur refus de voir la vérité, me laissent avec une amertume indescriptible. J'avais espéré qu'en leur parlant, en leur révélant ce que j'avais vécu, ils m'aideraient à porter ce fardeau. Mais au lieu de cela, ils ont ajouté à mon fardeau, s'enfermant dans un sentiment d'isolement encore plus profond. Les larmes coulent sur mes joues, mais ce ne sont pas des larmes de libération, ce sont des larmes de désespoir. Je me sens invisible, inaudible, comme si mes souffrances n'avaient aucune importance. Mes parents veulent que tout redevienne normal, mais rien ne pourra jamais redevenir normal pour moi.

La voiture continue de rouler, mais je me sens prisonnière, incapable de m'échapper de ce cauchemar. Leur manque de compréhension me fait mal, et je me demande si je pourrai un jour leur faire voir ce que j'ai vécu, si je pourrai un jour me sentir en sécurité avec eux.

Je regarde par la fenêtre, essayant de trouver un quelconque réconfort dans le paysage qui défile. Mais tout semble terne et sans vie, à l'image de mon cœur en ce moment. Je me sens piégée dans une cage de douleur et de solitude, une cage dont je ne vois pas la sortie.

Comment vais-je pouvoir avancer, me reconstruire, si ceux qui devraient être mon refuge ne me croient pas ? Comment vais-je pouvoir leur faire comprendre que chaque jour est une lutte, que chaque sourire est une façade ? Je ne sais pas. Mais une chose est sûre : je ne peux plus compter sur eux comme je l'espérais. La route est longue, et chaque kilomètre me rapproche de la maison, mais je sens que je m'éloigne de plus en plus de la possibilité de retrouver un semblant de paix.

Une fois arrivée, la voiture s'arrête devant leur maison. Je sors de la voiture sans dire un mot, prends mon sac et m'en vais sans me retourner. Je sèche discrètement mes larmes et me dirige vers l'arrêt de bus. Le prochain bus arrive dans dix minutes. Je patiente, espérant rentrer vite chez moi. Une fois le bus arrivé, je m'assieds tout au fond. Un laps de temps plus tard, j'arrive chez moi.

Je jette mon sac par terre et me recroqueville sur mon lit. Je me noie dans un océan noirci par mes propres pensées. Je reste ainsi toute l'après-midi, sans avoir la force de faire quoi que ce soit. Ni de me faire à manger, ni de me changer, ni de me laver. Alors que la nuit tombe, il m'est impossible de m'endormir. Mes regrets me réveillent trop pour me laisser en paix.

Je regarde rapidement mon téléphone, que je n'avais pas touché depuis longtemps. Je remarque les appels et les messages manqués de Gloria. Puis je tombe sur un message qui devrait me faire sentir quelque chose, mais ce n'est pas le cas. Je suis morte de l'intérieur, livide et tourmentée.

"Pourquoi tu ne réponds pas ? Zack m'a quittée. J'ai besoin de toi."
Je suis tellement épuisée mentalement que je n'ai pas la force d'aider ni les autres ni moi-mê

Chapitre 23 – l'écho de la perte

Trois jours plus tard
Toujours allongée sur mon lit, je n'ai pas bougé une seule fois, à part pour aller aux toilettes. Le dégoût me noue l'estomac, je n'ai donc pas faim. Je suis tombée si bas, comme si j'avais chuté dans un puits obscur, sans aucune prise pour me relever. Seul le noir règne en maître.
Je me rappelle de Brooke et du numéro qu'elle m'a laissé. Je prends mon sac, qui est juste à côté de mon lit, et récupère le papier. Je prends mon téléphone et compose son numéro, puis l'appelle.
"Oui, allo ?"
"Brooke, c'est June."
"Oh, June ! s'exclame-t-elle. Où habites-tu ? Tu te rappelles, je t'avais dit que je prendrais un hôtel dans ta ville pour rester à tes côtés. C'est ce que j'ai fait, donc dis-moi où tu habites et j'arrive."
"J'habite rue de Shadow Brews, entrée une."
Elle raccroche et j'attends qu'elle vienne. N'ayant pas la force de ranger, je laisse tout par terre. Quelque temps plus tard, ma sonnerie retentit. Je me lève avec difficulté et lui ouvre la porte. Dès qu'elle me voit, son visage se décompose. Malgré mon sourire, elle remarque vite que ça ne va pas. Elle s'approche et me serre dans ses bras. Elle entre chez moi et scrute chaque recoin.
"Désolée...," balbutiais-je, "je n'ai rien rangé."
"Laisse, je vais ranger pour toi," affirme-t-elle.
Sa réponse m'apporte du baume au cœur. Elle me demande de m'allonger, ce que je fais, et je la laisse ranger. Je culpabilise un peu de la laisser faire ça à ma place. Quelque temps plus tard, elle me propose de sortir pour changer les idées. Je refuse d'abord, mais elle insiste, alors je finis par accepter. Nous allons dans un parc, le même où j'allais avec Gloria, et nous nous asseyons sur l'herbe.
"Il faut bien profiter du beau temps !"
"Oui," dis-je.
Brooke baisse la tête.
"Ça va ? Tu as l'air préoccupée."

"Non, pas du tout !" dit-elle en souriant. "June," reprend-elle, "tu es la meilleure amie qu'on puisse avoir. Prends soin de toi, d'accord ?"
Je la regarde, ébahie.
"Pourquoi me dis-tu ça ?" dis-je en souriant.
"Parce que c'est vrai. Tu mérites d'être heureuse, de vivre pleinement. Donc promets-moi de prendre soin de toi, d'accord ?"
"Oui... toi aussi," dis-je. "Merci encore d'être là pour moi. À vrai dire, tu es la seule qui m'écoute et qui me comprend réellement."
Les oiseaux chantent et les fleurs sont en pleine floraison. Nous profitons du calme environnant. Tant que je suis à ses côtés, tout va bien.
"C'est tellement paisible d'être avec toi. J'avais vraiment besoin de ça."
Elle me sourit de plus belle.
"On peut peut-être faire le tour, puis après on va au restaurant. Qu'est-ce que tu en penses ?"
J'accepte sa proposition. Nous marchons le long du sentier, appréciant la compagnie de l'autre. L'air est rempli du doux parfum des fleurs. Un laps de temps plus tard, nous arrivons devant le restaurant en question. Nous nous asseyons à une table dans un coin de la salle et regardons le menu comme une énigme. Pour ma part, je choisis une pizza au saumon. Nous mangeons en discutant et en rigolant. Puis, avant de s'en aller aux toilettes, elle me dit quelque chose qui me surprend.
"Tu es une amie que j'adore, June, prends soin de toi pour moi, s'il te plaît."
Je la remercie, mais je ne comprends pas pourquoi elle me dit ça à ce moment-là. Je la regarde partir aux toilettes, le cœur légèrement serré par ses paroles énigmatiques. En regardant mon téléphone, je remarque que Gloria m'a envoyé un message une fois de plus.
"Je sais que tu as vu mes messages. Ta mère m'a parlé de toi. Il faut qu'on parle."
Soudain, je suis submergée par une colère et une angoisse insupportables. Elle a osé faire ça, elle a osé lui en parler. Je n'y crois pas. Comment peut-elle faire une chose pareille ? Des milliers de questions trottent dans mon esprit. J'éteins mon téléphone et

laisse tomber la conversation pour le moment. En levant la tête, je me rends compte que Brooke n'est toujours pas revenue. Je patiente quelques minutes encore jusqu'à ce qu'une vieille dame entre dans les toilettes et se mette soudainement à hurler de douleur.

Tout le monde se retourne vers les toilettes, intrigué par ce cri perçant. Alors que je reste assise, observatrice, je remarque le serveur qui se dirige rapidement vers les toilettes. Il ouvre la porte et reste figé. Mon cœur bat à tout rompre. Je me lève et décide d'aller voir ce qu'il se passe. Et d'un coup, mon monde s'arrête.

Je pousse un cri de détresse, me sentant brisée, impuissante. Les mots de Brooke résonnent dans ma tête, un écho douloureux de son désespoir. Comment est-ce possible ? Comment ai-je pu ne pas voir à quel point elle allait mal ? Je suis submergée par une vague de tristesse et de culpabilité. Les larmes coulent librement sur mon visage, mes mains tremblent.

Brooke m'a demandé de prendre soin de moi, mais comment puis-je continuer sans elle ? Ce que je vois laisse un vide immense, une douleur insupportable. Sa voix résonne encore dans mon esprit, ses rires, ses sourires. Je prends une profonde inspiration, essayant de repousser les ténèbres qui m'envahissent.

Le serveur tente de me calmer face à la vision d'horreur qui s'étend devant moi, mais rien ne peut soulager une douleur pareille. La vieille dame appelle les pompiers, mais je me mets à hurler et à les supplier de la sauver.

"Sauvez-la, je vous en supplie. Je ne veux pas y croire..." dis-je en larmes.

Le serveur me tient fermement pour éviter que je m'avance vers son corps pâle, mais l'image de Brooke gisant là, sans vie, me hante. Ma poitrine se serre de douleur, chaque respiration est un effort. Les larmes ne cessent de couler, et mon esprit est assailli par un tourbillon de regrets et de tristesse. Comment pourrais-je jamais oublier cet instant ? Comment pourrais-je jamais me pardonner de ne pas avoir vu les signes qui étaient pourtant visibles ? Je me rends vite compte que les paroles qu'elle m'a dites étaient sa façon de me dire au revoir. J'entends la sirène des pompiers résonner. Ils entrent dans le restaurant et je cours vers eux.

"Sauvez-la, je vous en supplie," dis-je d'une voix tremblante.
Ils entrent dans les toilettes et la détachent, puis ils utilisent un défibrillateur pendant quelques minutes sous mes yeux. Lorsqu'ils arrêtent, ils me regardent d'un air triste et me disent quelque chose de brutal.
"Je suis désolé, mais on ne peut plus rien faire."
Des torrents de larmes et des cris de désespoir s'échappent de moi. Le serveur, toujours près de moi, me touche l'épaule, ce qui me fait me détacher très rapidement de lui.
"Est-ce que quelqu'un peut venir te chercher ?" demande-t-il.
Je lui réponds que je peux rentrer toute seule. Je regarde une dernière fois son corps inerte, puis je prends mon sac et sors à contrecœur. Tout ce que je souhaite à ce moment-là, c'est lui parler une dernière fois. C'était la seule à qui j'acceptais qu'on me fasse un câlin. Je prends le bus avec un profond sentiment de solitude, puis je rentre chez moi, livide. Je jette mon sac et me recroqueville par terre. Sans aucun but. Sans aucune envie. Je me rappelle que la psychiatre m'a laissé des comprimés à prendre si besoin. Je me relève et avale un comprimé. La fatigue se déferle sur moi, me plongeant dans un sommeil qui me fait oublier, l'espace de quelques instants, mes tourments intérieurs.

Chapitre 24 – Sororité

Je me réveille, et je me fais frapper une fois de plus par la dure réalité. Je viens à peine de me réveiller que les pensées sombres reviennent. Le médicament m'avait aidé à dormir, mais pas à calmer mes angoisses. Des idées noires apparaissent soudainement. Alors que je me perdis une fois de plus dans un puits noir, la sonnerie retentit. Je ne me lève pas et laisse tomber. Mais elle retentit deux fois de plus. Je me lève en soufflant, et ouvre la porte et me voilà surprise par la personne que je vois.

_ C'est Gloria.

_ Ecoute c'est pas le moment; dis-je, mais cela ne l'empêche pas de rentrer.

_ Il faut qu'on parle. dit-elle froidement, en me fusillant du regard. Qu'est ce qui te prend ? T'as rencontré de nouvelles amies c'est ca ? Tu m'as oublié ?, dit-elle agacée, tu n'étais pas là lorsque Jack m'a abandonné, et maintenant tu m'abandonne à ton tour ?

Agacée, je me mets à dévoiler tout ce que j'ai sur le cœur.

_ Où te trouvez-tu pendant ce temps-là ? Ils m'ont harcelé, ils m'ont violée, ils ont pris ce qui ne leur était pas destiné, ma virginité et mon innocence. Ils m'ont tué et achevé, ils m'ont fait des traumatismes qui ne partiront jamais, m'ont débloqué des phobies, et ne croyaient certainement pas qu'ils étaient partie. Même si je ne les voie plus, ils restent ancrés dans ma tête, dans mes nuits, dans ma peau. Et à chaque fois que quelqu'un me toucha le bras, l'épaule, ou n'importe quoi... j'aurais cette impression que c'était eux. Leurs peaux sur la mienne. Leurs mains sur mon corps et après ça, tu vas me dire que tu es une vraie amie ? Sais tu quelle est la définition d'un ami ? je sais que ma mère t'a tout raconté, pourquoi ne pas avoir pris de mes nouvelles ?

Elle me regarde sans dire un mot, et prend un air agacé une fois de plus.

_ Pourquoi tu mens ?

Je commence donc à m'énerver face à sa piètre réponse.

_ Alors là, mon père ça ne m'étonne pas, mais alors toi... Dis-je.

_ J'étais ton amie, c'est toi le problème. Tu m'a abandonné.

_Il y a une différence entre abandonner l'autre, et s'abandonner soi-même. Tu disais que tu me comprenais mais pourtant, tu ne t'es même pas rendu compte que mon comportement n'était seulement la conséquence de mes souffrances. Si je ne répondais pas à tes messages, c'est parce que je souffrais.
elle ne répond rien alors je continue à parler.
_ J'avais besoin de toi... J'étais seule
J'éclate en sanglots. Impossible de me retenir face à cette piètre allure. Je baisse la tête, j'ai honte, je ne supporte pas de pleurer devant elle. Elle me fixe du regard. Je peine à respirer. Je suis essoufflé. Je me tais donc quelques secondes avant de reprendre. Avant de lever la tête, j'essuie mes larmes, et je la confronte donc du regard.
_Tu m'as laissé tomber, au moment où j'avais le plus besoin de toi. Et aucune véritable amie, n'aurait eu le culot de faire ça. A mes yeux, tu es morte.
_Tu peux pas dire ça.
_ Va t'en. Dis-je d'un ton très clair.
Après quelques secondes, elle sort de chez moi. Et moi, je me retrouve seule face à mon désarroi. Jamais je n'aurais imaginé qu'elle aussi ne me croit pas. Je lui faisais confiance, je pensais que c'était une bonne personne. Mais en réalité, tout ce qu'elle cherche c'est être aimée, elle s'en fiche d'aimer les autres. Et les idées noires reviennent encore plus fortes qu'elles étaient là. Je suis dorénavant seule. Brooke n'est plus là, ma famille et Gloria m'ont trahis. Je souffre tellement que rien qu'entendre ma respiration est un poids pour moi. Je me dis que partir serait la seule solution à ce mal être. Que ma souffrance s'arrêtera enfin. Et des scénarios défilent dans ma tête, ainsi qu'une date. mais je souhaite voir une dernière fois mes parents. Je m'en vais chez eux et toque à la porte. Lorsque ma mère me voit, elle est surprise. Je rentre chez eux sans qu'ils me disent quoi que ce soit.
_ Je voudrais te parler, maman.
Elle se met devant moi et attend que je parle.
_ Je...Je me sens affreusement seule. La vie me détruit, et au lieu de la vivre, je l'ai subie.

_ June parfois tu me fais peur. Tu te drogues ?

Je la regarde une fois de plus énervée.

_ S'il te plaît, essaie de me comprendre.

A ce moment-là, j'ai observé ma mère, et je me suis dit dans ma tête. C'est fini pour moi. Et personne ne va s'en soucier, personne ne va pleurer. Car, mon décès sera la plus belle des choses qui arrivera.

_ Maman, je suis là, Regarde-moi s'il te plait, Ma détresse, mes tourments, Je suis devant tes yeux. Et pourtant, je suis un voile. J'ai l'impression qu'un voile nous sépare et renvoie mes paroles là où elles se trouvaient.

Elle se retourne et va dans la cuisine.

_ Je te parle, pourquoi tu ne m'écoutes pas ?

Elle revient et ses dires me blesse profondément

_ Tu me déçois beaucoup.

Enervée, je m'en vais sans répondre. Je me dis que de toute façon ma souffrance s'arrêtera ce soir. Et je me dis que je peux le faire maintenant, à mon retour chez moi. Ce retour chez ma mère fut la goutte de trop.

Je rentre chez moi, et décide de finir cette souffrance qui me tue chaque jour. Personne ne soupçonne que, derrière ce masque, je suis en ruines. Et que je porte ce masque pour dissimuler le chaos. Il y a des jours où je me demande comment je peux continuer à avancer. Chaque pas est un effort, chaque respiration est une lutte. Mais je le faisais, parce que c'est ce qu'on attend de moi.De toute façon, Je suis déjà morte, à l'intérieur, mais personne ne le voit parce que les cicatrices ne sont pas physiques. Elles ne laissent pas de traces visibles, pas de marques sur ma peau. Elles sont cachées dans les profondeurs de mon esprit, là où personne ne regarde. Elles saignent silencieusement, laissant des taches invisibles sur mon âme.

Parfois, j'espère que quelqu'un verra au-delà du masque, qu'ils regarderont dans mes yeux et comprendront la douleur qui s'y cache. Mais ces moments sont rares, et l'espoir est une chose fragile que je n'ose plus entretenir.

En me dirigeant vers mon sac pour prendre une feuille afin d'écrire une lettre en espérant que Liz la lira, je remarque une feuille bleue inconnue. Je la prends et lis :

"Chère June,

Si tu lis cette lettre, c'est que je ne suis plus là, et je suis désolée de te laisser cette douleur. Crois-moi, ce n'est pas ta faute. Tu as été une amie incroyable, toujours présente, toujours prête à écouter. Si je pouvais rester pour toi, je le ferais, mais mon combat est terminé. Pourtant, ce n'est pas la fin pour toi. Si je suis partie, c'est parce que j'ai trop souffert, et je pense que tu es la mieux placée pour comprendre.

Je sais que tu traverses des moments difficiles, que tu ressens une douleur semblable à la mienne. Je sais combien les jours peuvent être sombres et combien il est facile de se sentir seul, même entouré de gens. Mais je t'écris pour te demander une chose : reste en vie. Reste ici, continue de te battre, même quand ça semble impossible.

Tu es une personne extraordinaire, pleine de force et de lumière, même si tu ne le vois pas toujours. Tu as tant à offrir à ce monde, tant de bonheur à donner et à recevoir. Les moments sombres ne dureront pas éternellement, et il y aura des jours meilleurs, des jours où tu trouveras la paix et la joie que tu mérites.

Pense à tous les souvenirs que nous avons partagés, à tous les rires et les larmes. Pense à tout ce que nous avons traversé ensemble. Ce ne sont pas seulement des souvenirs, ce sont des preuves de ta résilience, de ta capacité à surmonter les obstacles. Utilise cette force pour continuer à avancer, pour te battre pour toi-même.

Je sais que c'est dur, mais tu n'es pas seule. Il y a des gens qui t'aiment, qui tiennent à toi, qui veulent te voir heureuse. Ne ferme pas la porte à ceux qui peuvent t'aider, même quand tu penses que personne ne peut comprendre. Il y a toujours de l'espoir, toujours une chance de trouver la lumière, même dans les moments les plus sombres.

Je te demande de vivre pour moi, pour nous. Continue de rêver, de rire, de pleurer, de ressentir. Vis chaque moment pleinement, même ceux qui sont difficiles. Trouve la force en toi pour continuer, parce que tu es plus forte que tu ne le penses.

Et la lumière au bout du tunnel, tu peux l'aider en te rendant justice et en aidant les autres à se rendre justice.

Je t'aime et je serai toujours avec toi, d'une manière ou d'une autre. Prends soin de toi, et n'abandonne jamais.

Vis à ma place et rends-moi justice.

Avec tout mon courage,

Brooke."

Je n'y crois pas. Elle m'a laissé une lettre dans mon sac avant de passer à l'acte. Je relis la lettre une énième fois, les mains tremblantes, les larmes brouillant ma vue. Chaque mot de Brooke résonne en moi, percutant mon cœur avec une force que je n'avais jamais ressentie auparavant. La douleur de sa perte est insupportable, mais ses mots me touchent profondément, me rappellent que je ne suis pas seule, que ma vie a encore de la valeur.

Je me laisse tomber sur le sol de ma chambre, serrant la lettre contre ma poitrine. C'est comme si elle était encore là, me parlant, me suppliant de continuer. Sa voix douce, ses encouragements, tout cela semble si réel, si présent.

Les souvenirs affluent. Les rires partagés, les secrets confiés, les moments où nous avons été là l'une pour l'autre. Elle a toujours été mon roc, celle qui comprenait mes douleurs sans que je dise un mot. Et maintenant, même après son départ, elle continue de me soutenir, de me guider.

Je pense à ce qu'elle a écrit : "Reste en vie. Reste ici, continue de te battre, même quand ça semble impossible." Ces mots résonnent en moi comme un écho, une lueur d'espoir dans l'obscurité de mon esprit. Elle croyait en moi, elle voyait en moi une force que je ne parvenais plus à voir.

Je prends une profonde inspiration, essayant de calmer les battements frénétiques de mon cœur. Je pense à elle, à ce qu'elle voudrait pour moi. Elle ne voudrait pas que je sombre, que je cède à la douleur. Elle voudrait que je vive, que je trouve un moyen de guérir, de me reconstruire.

Je me relève lentement, essuyant mes larmes. La lettre toujours serrée dans ma main, je me dirige vers la fenêtre et regarde le monde extérieur. Le soleil se couche, baignant tout d'une lumière dorée. Avec une détermination nouvelle, je décide de me battre. Pour moi, pour elle. Je ne peux pas la laisser partir en vain. Je vais honorer sa mémoire en vivant, en trouvant la force de surmonter mes propres ténèbres.

Je refuse de me soumettre à ces misérables, je refuse de devenir leur proie. Ce n'est pas ce que je veux, ni ce que je vaux. Alors, June, je te laisse partir. Il est temps pour toi de prendre tes bagages. Je vais m'offrir la meilleure version de moi-même, celle qui puisse vraiment exister. Comprends que je ne peux plus te trouver refuge dans mon monde à venir, tandis qu'il n'est plus possible de survivre dans le tien.

Mais avant de te dire adieu, laisse-moi te serrer dans mes bras lorsque les étoiles s'éteignent et que tu as froid. Laisse-moi te tenir la main quand tu marches dans l'obscurité, pour embellir et illuminer les ténèbres. Laisse-moi crier dans tes oreilles pour éteindre tes pensées. Je fais tout cela pour toi, pour te forger, pour t'aider à renaître.

Embrasse cette nouvelle lumière, laisse derrière toi l'ombre de tes peurs. Sache que même dans la distance, je serai toujours là, un murmure dans le vent, une étoile dans la nuit, une chaleur dans le froid. Nous sommes plus que ce que nous avons été, et il est temps de découvrir ce que nous pouvons devenir.

Je sors de chez moi et vais chez le coiffeur pour me faire une nouvelle coupe. Je parcours ensuite les magasins toute la soirée et m'achète de nouveaux vêtements. À mon retour chez moi, je jette tous les vêtements que j'ai portés dernièrement. Je vais sur un site pour changer mon prénom. C'est maintenant que je l'annonce, haut et fort. Après des mois de désarroi et de tourments, June est morte. Je laisse la place à une nouvelle personne. Maintenant, je m'appelle Evelyn.

"Waren, le monde était atroce avec toi, alors j'en crée un autre sans toi," pensai-je.

PARTIE 3
PAPILLON NOIR
signification : Le papillon, en général, symbolise la transformation
en raison de son cycle de vie, passant de la chenille au papillon. Le
noir ajoute une dimension de profondeur et de mystère à cette
transformation, évoquant un renouveau après une période de
difficulté ou de souffrance.

3 ans plus tard

Le soleil se levait à peine sur la ville, baignant les rues d'une lumière douce et dorée. Pourtant, ce matin-là, la tranquillité était trompeuse. Une énergie palpable s'emparait de l'air, une promesse de changement, de justice. Des femmes et des hommes, de tous âges et de tous horizons, affluaient vers la place centrale, leur marche résonnant comme un battement de cœur collectif.

Au centre de la place, une scène modeste avait été érigée. Des bannières colorées flottaient doucement au vent, arborant des slogans puissants : "Stop à la violence", "Nos voix pour les sans-voix", "Justice pour toutes". Ainsi que des slogans anti-police. La foule grossissait, se densifie, unie par une même cause, un même cri du cœur. Des pancartes s'élevaient, portant les noms de celles qui ne pouvaient plus parler, accompagnées de messages d'espoir et de résilience.

Le silence se fit progressivement, un silence lourd de sens, alors que je m'avance vers le micro. Je prends une profonde inspiration, mes yeux balayant la foule avec détermination. Ma voix, d'abord douce, s'affirma avec chaque mot.

« Nous sommes ici aujourd'hui pour nos sœurs, nos mères, nos amies. Pour toutes celles qui ont subi en silence, pour toutes celles qui n'ont plus de voix. Pour leurs rendre justice, mais aussi, pour nous rendre justice »

Chaque phrase résonnait dans l'âme des participants. Des larmes coulaient, des poings se levaient. Chacun portait en lui la douleur de l'injustice, mais aussi la force de la solidarité.

« Il est temps que nous disions non. Non à la peur, non à la honte. Nous refusons de laisser la violence nous définir. Nous sommes plus forts que cela. Ensemble, nous pouvons changer les choses. »

Derrière moi, un chœur de survivantes s'avança, entonnant une chanson pleine de courage et d'espoir. Leurs voix s'élevaient, harmonieuses et puissantes, transcendant les barrières du désespoir. La foule les rejoignit, créant une mélodie émouvante qui résonnait dans chaque recoin de la place.

Des témoignages se succédèrent, des histoires de douleur et de résilience, des récits d'ombres et de lumière. Chaque mot, chaque larme partagée, cimenter davantage la détermination collective. La manifestation n'était pas seulement un cri contre l'injustice, mais un appel vibrant à l'action, à la compassion, à la solidarité.
Alors que la journée avançait, la foule se mit en marche, défilant à travers la ville. Les pancartes s'agitaient, les chants continuaient, et chaque pas résonnait comme une promesse de changement. Les passants s'arrêtaient, certains rejoignaient la marche, d'autres restaient en retrait mais étaient profondément touchés.
La manifestation s'achève là où elle avait commencé, mais l'impact était indéniable. Les visages étaient marqués par la détermination et l'espoir. Les paroles prononcées ce jour-là resteraient gravées dans les cœurs et les esprits.
Ce jour-là, nous sommes pas seulement des victimes ou des survivantes. Nous sommes des guerrières, des porteuses de changement, des phares dans l'obscurité. La lutte contre les violences faites aux femmes était loin d'être terminée, mais ce jour-là, une nouvelle page s'était tournée. Une page de solidarité, de force et d'espoir pour un avenir meilleur.
Alors qu'une jeune blonde qui nous regardait pendant un bon moment s'approche de moi, elle me posa une question.
_ Salut, dit-elle en bégayant à cause du stress, qui êtes vous ? Beaucoup de personnes parlent de vous, donc je me le demande.
Je lui souris.
_ Je suis Evelyn, répondais-je, Evelyn Nyx. Nous sommes les survivantes. J'ai créé ce groupe il y a deux ans, pour rassembler les victimes de violences sexuelles.
_ Oh je vois, je - boufoue t-elle, j'ai subit de l'inceste par mon père. Et ses yeux commencent à s'humidifier. La voire s'écrouler dans les ténèbres me rappelait mon autrefois, sauf que personne n'avait osé s'y plonger pour la sauver.
_ Viens, dis-je en l'emmenant dans un coin où il y a moin de monde.

_ Si tu n'arrives pas en parler, je peux être ton porte parole. Dis-je,
Ce que tu as vécu ne te définit pas. Tu n'es pas une victime, tu es
une survivante. Et je suis ici pour t'aider à voir cela.
Les jours qui suivirent furent une période de transformation pour
cette fille, se nommant Lillie Colley. Je deviens sa confidente, son
guide dans ce voyage difficile vers la guérison. je l'ai
l'accompagner chez un thérapeute, je l'ai aidé à trouver des
ressources et l'encourageait à s'exprimer à travers l'art et l'écriture.
Un après-midi, je l'emmena dans un centre de soutien pour
survivantes d'abus. Elle hésitait, mais ma présence réconfortante à
ses côtés lui donna le courage de franchir la porte. À l'intérieur, elle
rencontra d'autres femmes, chacune avec sa propre histoire de
douleur et de résilience. Pour la première fois, Lillie se sentit
comprise et acceptée.
Je la poussa doucement vers le podium lors d'une réunion. Lillie
prit une profonde inspiration et, avec une voix tremblante,
commença à raconter son histoire. Chaque mot qu'elle prononçait
était un acte de libération, chaque regard de soutien dans la salle
était un rappel qu'elle n'était pas seule.
Avec le temps, Lillie commença à voir des changements en elle-
même. Elle retrouvait des fragments de joie, des éclats d'espoir.
Elle écrivait des poèmes, peignait des toiles vibrantes de couleurs,
et surtout, elle souriait de nouveau. J'étais toujours là, une présence
constante, lui rappelant que le chemin vers la guérison était un
voyage, pas une destination. Mais surtout, la guérison n'est pas
linéaire; elle est faite de hauts et de bas. Rechuter n'est pas grave;
l'important, c'est de l'accepter.
Un jour, en se regardant dans le miroir, Lillie réalisa qu'elle ne
voyait plus une victime. Elle voyait une femme forte, résiliente, qui
avait traversé des tempêtes et en était sortie plus forte. Elle comprit
alors que son passé ne définissait pas son avenir. Avec mon aide,
elle avait appris à se relever, à se reconstruire. Elle était prête à
tendre la main à d'autres, comme je l'avais fait pour elle, pour leur
montrer qu'elles aussi pouvaient devenir des survivantes.

La société nous a malmenées, et le patriarcat nous a poussées à
nous entre-déchirer. Mais les survivantes sont là pour prouver que
la solidarité est notre plus grande force.
Ce jour-là, Lillie me remercia de tout son cœur. « Tu m'as sauvée,
» dit-elle. « Et maintenant, je veux aider d'autres comme tu l'as fait
pour moi. »
Je souris, fière et émue. « Tu es une véritable guerrière, Lillie.
Ensemble, nous pouvons faire la différence. »
Et ainsi, nous marchons côte à côte, déterminées à transformer la
douleur en puissance, les cicatrices en symboles de force, et à
inspirer d'autres à devenir des survivantes.

Chapitre 26 – pas de justice pas de paix

Dans la chaleur étouffante de l'été, une foule dense s'était
rassemblée au cœur de la ville, brandissant des pancartes colorées
et scandant des slogans de justice. Leurs voix résonnent dans les
rues, unies par une seule cause : dénoncer les violences faites aux
femmes. Au milieu de cette marée humaine.
Et alors que j'aperçois au loin des policiers qui nous regardent, l'air
stoïque.. Je prend un micro et m'approche d'eux et je commence à
me libérer de mon fardeau.
_ Policiers, écoutez-moi," commençais-je, ma voix claire perçant le
calme. "Je suis Evelyn, et je suis ici pour vous parler de ce que
vous avez choisi d'ignorer."
Les policiers échangèrent des regards, certains intrigués, d'autres
indifférents. Je continue, sentant l'urgence de mes mots.
"Il y a quelques années, j'étais une victime. J'ai été agressée par
quelqu'un que je connaissais, quelqu'un en qui j'avais confiance.
J'ai eu le courage de venir vers vous, de raconter mon histoire, de
vous demander de l'aide. Mais vous ne m'avez pas crue. Vous avez
dit que ma douleur n'était pas suffisante pour déclencher une
enquête. Vous m'avez laissée seule, brisée, et sans espoir."
La foule autour de moi murmura, des mots de soutien et de colère
se mêlant. Je serrais les poings, se rappelant de cette nuit où j'ai
laissé les policiers, les larmes coulant silencieusement sur mes
joues.
"Je n'étais pas la seule," dit-je, ma voix tremblait légèrement. "Tant
de femmes viennent vers vous, portant en elles des cicatrices
invisibles, espérant que vous serez leur bouclier, leur soutien. Mais
trop souvent, elles se heurtent à votre scepticisme, à votre
froideur."
Les policiers, bien que toujours impassibles, semblaient plus
attentifs maintenant. Je savais que je devais frapper fort, toucher
leurs cœurs, si je voulais faire une différence.

"Je me tiens ici aujourd'hui, non plus comme une victime, mais comme une survivante. J'ai trouvé la force de me relever, grâce à des personnes qui m'ont crue, qui m'ont soutenue. Mais combien d'autres sont restées à terre parce que vous, ceux qui sont censés nous protéger, avez tourné le dos ?"
Je pointa du doigt une pancarte dans la foule, où l'on pouvait lire : "no justice no peace". Je laisse ces mots résonner avant de continuer.
"Nous avons besoin de vous. Nous avons besoin que vous écoutez, que vous compreniez, que vous croyiez. La justice ne peut pas être rendue si ceux qui la portent ne voient pas la réalité de nos souffrances. Il est temps de changer, de briser ce cycle d'indifférence. Parce que chaque fois que vous refusez de nous croire, vous devenez complices de nos agresseurs."
Je fis une pause, mes yeux cherchant ceux des policiers devant moi.
"Je vous demande, non, je vous implore : faites mieux. Soyez ceux qui mettent fin à notre douleur, pas ceux qui la prolongent."
Un silence lourd tomba sur la place, alors que mes mots s'enfonçaient dans les esprits. Les policiers restaient silencieux, mais je pouvais voir une lueur de réflexion dans certains regards. J'espérais de tout mon cœur que cette manifestation, mes paroles, pourraient être le catalyseur d'un changement tant attendu.
En descendant de l'estrade improvisée, je fus accueillie par des acclamations et des accolades. Je savais que le chemin serait long, mais je sentais qu'une graine avait été plantée. Et avec chaque voix, chaque histoire, cette graine ne pourrait que grandir.
16H02
Face à mon écran, je jette un coup d'œil au site que j'ai créé il y a deux ans pour communiquer avec les survivantes. Et je remarque qu'il y a des messages récents.
_ Ce soir, 18h, émeutes à place Riverdaly.
Je lui répond donc.
_ A ce soir, n'oubliez pas, pas de justice pas de paix.
Je m'enlève du site et envoie un message à Liz. Depuis 3 ans, nous nous sommes rapprochés, et j'ai compris qu'elle aussi souffrait, et qu'elle cachait sa souffrance avec ses changements d'attitude. Nous

nous sommes énormément soutenues, car je pense qu'entre femmes, l'entraide est un atout. De nos jours, nous, les femmes, vivons constamment sous la menace d'un danger omniprésent. Nous sommes trop souvent réduites au silence et contraintes de vivre sous le joug d'un patriarcat oppressif qui cherche à contrôler nos corps, nos esprits, et nos aspirations. Chaque jour, nous faisons face à des discriminations et à des violences qui cherchent à nous dévaloriser, à nous diminuer, à nous rendre invisibles.

Nous marchons dans des rues où l'obscurité amplifie nos craintes, nous travaillons dans des environnements où nos compétences sont sous-estimées et nos voix ignorées. Nos rêves sont souvent étouffés par des normes sociales rigides qui nous assignent des rôles limitants, ne reflétant ni notre potentiel ni notre désir de liberté. Nous sommes les mères, les filles, les sœurs, et les amies qui portent sur leurs épaules le poids des attentes culturelles et familiales. Chaque lutte, chaque résistance que nous menons, chaque parole que nous élevons contre l'injustice est un acte de courage face à une société qui trop souvent préfère fermer les yeux sur notre souffrance.

Pourtant, malgré ces défis, nous refusons de céder. Nous nous soutenons les unes les autres, trouvant la force dans notre solidarité et notre sororité. Nous réclamons notre droit à exister pleinement, à être entendues et respectées. Nous défions les stéréotypes et nous brisons les chaînes qui cherchent à nous retenir.

Aujourd'hui, nous affirmons avec force et détermination que notre valeur ne sera plus définie par les diktats d'un système patriarcal. Nous ne sommes pas des victimes éternelles ; nous sommes des guerrières, des survivantes, qui construisent un avenir où chaque femme peut vivre en sécurité, en dignité, et en liberté. Le changement est en marche, et il est porté par la voix et le courage de chaque femme qui refuse de se soumettre.

Nous sommes les porte-parole de celles qui n'ont plus de voix.

Le soir approche et je prends mon affiche ou il y a marqué "no justice, no peace', et sort de chez moi pour rejoindre les survivantes. Le crépuscule tombe sur la ville, mais l'atmosphère est loin d'être paisible. Une tension palpable flotte dans l'air, comme le calme avant une tempête. Dans les rues, des groupes de manifestants se rassemblent, brandissant des pancartes et scandant des slogans à plein poumon. Leurs voix, un mélange de colère et de désespoir, résonnent entre les bâtiments, amplifiées par l'écho des ruelles.

Au début, la foule semble organiser sa marche, avançant avec détermination. Mais bientôt, la frustration et l'exaspération prennent le dessus. Des objets volent à travers les airs : des bouteilles, des pierres, tout ce qui peut servir de projectile. Les vitrines des magasins explosent sous l'impact, laissant des éclats de verre joncher le trottoir. Les alarmes retentissent, ajoutant au chaos ambiant.

Les forces de l'ordre, alignées en une formation serrée, tentent de contenir la marée humaine. Les boucliers antiémeutes se dressent, mais la foule, loin d'être intimidée, redouble d'agressivité. Des fumigènes sont lancés, libérant des nuages de gaz lacrymogène qui brûlent les yeux et rendent la respiration difficile. Les manifestants, cependant, couvrent leurs visages avec des foulards et des masques, déterminés à tenir leur position.

Des incendies éclatent ici et là, des voitures sont renversées et incendiées, créant des foyers de flammes qui illuminent la nuit. La chaleur intense et l'odeur âcre de la fumée envahissent l'air, rendant l'atmosphère presque irrespirable. Le crépitement des flammes se mêle aux cris de la foule et aux sirènes des véhicules de secours qui peinent à se frayer un chemin à travers la mêlée. Une voiture de police fut incendiée par moi. alors qu'un policier s'approche de moi, furieux, et me saisit le bras. Je prend la parole.

"Écoutez-moi," commençais-je, ma voix vibrante d'une détermination farouche. "Je ne suis pas ici pour vous accuser individuellement, mais pour dénoncer un système entier qui opprime et marginalise. Vous êtes des rouages dans une machine bien plus grande, une machine qui perpétue l'injustice et la violence."

Le policier échange un regard furtif, je remarque que celui-ci se nomme « Jack » grâce à son étiquette. Les autres, derrière lui, baissent légèrement la tête, d'autres serrent les mâchoires.

"Chaque fois que vous fermez les yeux sur des abus, chaque fois que vous protégez vos collègues malgré leurs erreurs, vous devenez complices. Vous faites partie d'un système qui ne cherche pas la justice, mais la domination. Un système qui ignore les cris de ceux qu'il est censé protéger."

Je marque une pause, laissant mes paroles s'enfoncer dans le silence tendu. "Je sais que beaucoup d'entre vous ont rejoint la police pour de bonnes raisons, pour aider, pour protéger. Mais regardez autour de vous. Regardez ce qui se passe dans nos rues. Chaque acte de brutalité policière, chaque discrimination passée sous silence, renforce ce système corrompu."

Le jeune policier, visiblement troublé, fait un pas en avant. "Nous faisons de notre mieux," murmure-t-il, sa voix à peine audible sous le poids du casque.

Je hoche la tête, compatissante mais inflexible. "Je le crois. Mais faire de votre mieux dans un système brisé ne suffit pas. Vous devez vous lever contre ce qui est mal, même si cela signifie défier vos supérieurs, même si cela signifie remettre en question tout ce que vous avez appris.

Mon regard balaie la ligne des policiers, cherchant à capter l'humanité derrière les visières opaques.

"Il ne s'agit pas seulement de nous, les manifestants. Il s'agit de vos familles, de vos amis, de vous-même. Ce système vous déshumanise aussi. Il vous transforme en agent de répression plutôt qu'en gardien de la paix."

Le policier reste silencieux, mais une tension palpable monte, une prise de conscience naissante. Je sens un frémissement d'espoir et poursuit.

"Vous avez le pouvoir de changer les choses. Refusez de fermer les yeux. Refusez de vous taire. Soyez les héros que vous avez toujours voulu être. Battez-vous pour une justice réelle, une justice qui ne se contente pas de maintenir l'ordre, mais qui promeut l'équité et l'humanité."

Un silence lourd s'installe. Je sais que ce n'est qu'un début, mais chaque petit pas compte.

"Je ne vous demande pas de devenir des ennemis de vos collègues,"
concluais-je. "Je vous demande de devenir des alliés de la vérité.
Ensemble, nous pouvons construire un monde où la justice ne
connaît pas de barrières."

Je recule, laissant ses mots flotter dans l'air frais de la nuit. Je sais
que je peut-être pas convaincu tout le monde, mais si mes paroles
ont touché ne serait-ce qu'un cœur, alors j'ai déjà fait un pas vers la
transformation de ce système oppressif.

Dans ce chaos, des figures isolées émergent : un manifestant blessé,
aidé par des camarades ; un policier isolé, tentant désespérément de
rejoindre ses rangs ; des journalistes, caméra à l'épaule, capturant
chaque moment de cette explosion de violence. Les visages sont
déformés par la rage, la peur, la détermination. Chaque instant
semble exacerber les émotions, comme si toute la douleur et
l'injustice accumulées trouvaient enfin une voie d'expression.

Malgré la violence, des gestes de solidarité émergent : des
manifestants s'entraident, partagent de l'eau, des pansements
improvisés. Ils savent que dans ce tumulte, la survie dépend aussi
de la communauté.

Alors que la nuit avance, l'énergie commence à faiblir. Les forces
de l'ordre regagnent du terrain, dispersant les manifestants épuisés.
Les rues, autrefois grouillantes de vie et de colère, se vident peu à
peu, laissant derrière elles un paysage de destruction : débris,
cendres, les vestiges d'une bataille pour être entendus.

Mais l'esprit de l'émeute persiste. Les murs, couverts de graffitis,
portent les messages de ceux qui ont crié leur désespoir. Les
habitants, réveillés par les échos de la violence, savent que sous la
surface, la colère gronde toujours, prête à éclater à nouveau si les
injustices ne sont pas corrigées.

Alors que nous sommes une fois de plus en pleine manifestation, un vieil homme, mécontent, s'avance nonchalamment vers moi.

_ Ce n'est pas bien ce que vous faites, dit-il. Vous incitez les femmes à détester les hommes. C'est de la misandrie.

Je ricane de plus belle.

_ La misandrie, Monsieur, ce n'est pas détester les hommes, dis-je d'une voix métallique. C'est avoir peur des hommes.

_ N'importe quoi , souffle-t-il.

_ Et si nous échangions les rôles, avez-vous peur des femmes ?

« Non », répond-il, sûr de lui.

_ Vous voyez... Alors pourquoi les femmes ont-elles peur de vous ? Parce que beaucoup trop de femmes subissent et souffrent en silence. Une femme sur trois dans le monde subit des violences physiques ou sexuelles au cours de sa vie. C'est une réalité effroyable que nous ne pouvons pas ignorer. Je suis peut-être misandre, mais au moins, je ne vous hais pas au point de vous violer, de vous harceler, ou de vous agresser. La misandrie est une réponse à la misogynie. La misandrie blesse, tandis que la misogynie tue.

_ Je comprends que c'est un problème, mais tu dois admettre que ce n'est pas tous les hommes qui sont violents. Généraliser ne fait que créer plus de division.

_ Je ne dis pas que tous les hommes sont violents. Mais il faut reconnaître que les violences faites aux femmes sont systématiques. Elles sont le produit d'une culture qui, depuis des siècles, a minimisé les droits et la dignité des femmes.

_ D'accord, mais il y a des lois en place pour protéger les femmes. La société a évolué. Les hommes aussi sont victimes de violence, pourquoi ne pas parler de ça aussi ? Dit-il, hésitant.

Je souffle de fatigue avant de répondre.

Bien sûr, les hommes peuvent aussi être victimes de violence, et ça doit être pris au sérieux. Mais la majorité des violences sexuelles et domestiques sont perpétrées contre des femmes, et souvent par des hommes. Et ces lois dont tu parles ? Elles ne sont pas toujours appliquées efficacement. Trop souvent, les plaintes des femmes sont ignorées ou minimisées.

_ Je vois ce que tu veux dire, mais que proposes-tu concrètement ?

_ Il faut éduquer dès le plus jeune âge, enseigner le respect et l'égalité. Les campagnes de sensibilisation doivent être renforcées, et il faut offrir un meilleur soutien aux victimes. Les institutions doivent être tenues responsables de leurs actions. Et surtout, les hommes doivent devenir des alliés dans cette lutte, reconnaître leurs privilèges et travailler à changer la culture.

_ Je veux bien essayer de comprendre ton point de vue. Mais comment faire pour que les hommes ne se sentent pas attaqués dans ce processus ?"

_ Il s'agit de créer un dialogue, Marc. Ce n'est pas une guerre des sexes, mais une lutte commune pour l'égalité et le respect de chacun. Il faut que les hommes comprennent qu'en s'impliquant, ils aident à bâtir une société plus juste pour tout le monde

_ je vois... Peut-être que si on travaille ensemble, on pourra vraiment faire la différence.

_ Exactement. Il s'agit de solidarité, de soutien mutuel. Ensemble, nous pouvons créer un changement réel et durable. Mais tu dois être un allié, sans te proclamer féministe, car il ne faut pas monopoliser la parole lorsque, pour une fois, les femmes sont au centre d'une cause.

La foule autour d'eux commence à applaudir, sentant que le débat a rapproché les perspectives et ouvert la voie à une meilleure compréhension et coopération.

Aujourd'hui fut une journée paisible. Moi et mon groupe, nous avons participé à des sensibilisations dans plusieurs écoles. Afin de renseigner les jeunes sur les violences et les injustices. Car tout commence par cet âge là. Alors que je sirote mon cappuccino, je reçois un message d'une fille que je ne connais pas encore, qui me dit quelque chose qui me rappelle June.

_ Aidcz moi...Je suis sur le point de passer à l'acte.

Je me lève et lui envoie très rapidement un message.

_ Tu es où ? j'arrive

Cette dernière finit par m'avouer son adresse, je m'empresse d'aller chez elle.

Celle ci était assise au pied de son lit, en larmes et bien trop tourmenté pour me dire quoi que ce soit.

_ Viens on sort. Dis en lui tendant ma main. et on discute un peu

Elle mets sa main dans la miennc ct me suis, mais elle reste méfiante. Je lui demande son prénom, et elle me répond qu'elle s'appelle "Emma".

Nous marchons donc le long d'un parc en discutant.

Emma : De toute façon, ça ne changera rien.

June : Je comprends ce que tu ressens. Il y a un an, j'étais dans une situation similaire. J'ai perdu des amis, je me sentais seule et désespérée. J'ai même pensé à mettre fin à mes jours.

Emma me regarde, surprise.

Emma : Et qu'cst-ce qui t'a empêché de le faire ?

June : Une lettre. Une lettre de mon amie Brooke. Elle m'a suppliée de continuer, de me battre, même quand ça semblait impossible.

Ses mots ont allumé une petite lueur d'espoir en moi. Et aujourd'hui, je suis ici pour partager cette lueur avec toi.

Je sors la lettre de Brooke de mon sac et la tend à Emma

June : Lis-la, s'il te plaît. Peut-être que tu y trouveras une raison de te battre aussi.

Emma prend la lettre et commence à lire. Lcs larmes coulent sur ses joues, mais une petite étincelle d'espoir brille dans ses yeux.

Emma : C'est... c'est tellement beau. Je ne savais pas que quelqu'un pouvait écrire quelque chose d'aussi fort.

June : Brooke était une personne incroyable. Et tu sais quoi ? Toi aussi, tu es incroyable. Tu as tellement de force en toi, même si tu ne le vois pas encore. Je suis ici pour t'aider à trouver cette force.

Emma : Mais comment ? Comment puis-je continuer sans ma mère ? Elle était tout pour moi.

June : C'est difficile, je sais. Mais tu n'es pas seule. Il y a des gens qui tiennent à toi, qui veulent te voir heureux. Et moi, je suis là pour toi. Chaque jour, un pas à la fois.

Nous continuons de parler, partageant des histoires, des larmes et des rires. Lentement, Emma commence à ouvrir son cœur et à laisser entrer l'espoir.

Emma : merci, June. Merci de m'avoir écoutée et de m'avoir donné cette lettre. Je vais essayer de me battre, pour moi, pour ma mère... et pour Brooke.

June : Tu n'es pas seule, Emma. Nous allons traverser cela ensemble. La tempête va se calmer, et le soleil reviendra. Fait appel à tes soleils miniatures, que je peux être. Reste dans nos cieux. Même si maintenant ça te semble impossible, dans quelques années quand tout ira mieux, tu regarderas en arrière en étant contente de t'être accrochée.

Lors d'une soirée, la salle est baignée de néons colorés. Je m'amuse avec Liz quand, soudain, je remarque de loin un homme glisser de la poudre dans le verre d'une femme alors qu'elle lui tourne le dos. Indignée par ce que je vois, je me dirige vers eux sans rien dire à Liz et attrape la femme par le bras.

— Les hommes comme toi, vous mériteriez qu'on vous castre, dis-je sèchement en l'entraînant avec moi.

Elle me regarde, perplexe.

— Il a mis une poudre dans ta boisson, lui explique-je.

— Oh ! dit-elle, abasourdie. Je ne le pensais pas capable de ça...

— Malheureusement, beaucoup d'hommes portent un masque pour dissimuler leur vraie nature.

La soirée continue à battre son plein. Je reste près d'elle pour la protéger de ce misérable.

Le lendemain, 17h32.

Il y a deux jours, une femme a été agressée. Depuis hier, des appels à manifester se propagent sur les réseaux sociaux. Des milliers de personnes, principalement des femmes, mais aussi des hommes solidaires de la cause, se rassemblent devant le commissariat principal de la ville. Des pancartes affichent des slogans tels que "Justice pour toutes", "Stop à l'impunité", et "Non, c'est non!".

Alors que la manifestation commence de manière pacifique, la tension monte lorsque des représentants de la police tentent de disperser la foule en utilisant des haut-parleurs pour déclarer la manifestation illégale. Les manifestants refusent de partir, et une altercation éclate lorsqu'un policier fait tomber une manifestante. Les manifestants, furieux, commencent à lancer des pierres et des bouteilles sur les forces de l'ordre. Des groupes plus radicaux profitent de la situation pour provoquer des affrontements plus violents. Les vitrines des magasins avoisinants sont brisées, des voitures sont incendiées, et la situation dégénère rapidement en émeute.

Les autorités envoient des renforts, y compris des unités anti-émeutes équipées de boucliers, de matraques et de gaz lacrymogènes. Les échanges entre manifestants et policiers deviennent de plus en plus violents. Les médias couvrent en direct les scènes de chaos, attirant l'attention nationale et internationale. Après plusieurs heures de confrontation, la police parvient à disperser la foule, mais les dégâts matériels sont considérables : plusieurs magasins sont pillés, des bâtiments sont endommagés, et de nombreux véhicules sont incendiés. Les arrestations se comptent par centaines, et il y a des blessés des deux côtés, certains graves. Mais alors que les autres manifestants finissent par arrêter, je continue à me révolter et lance des lacrymogènes vers des policiers.

Des sirènes de police et de pompiers éclatèrent dans le brouhaha, mais la fumée dissimulait le paysage. J'entendais le vacarme, mais je ne voyais rien. Les sirènes se rapprochaient à grands pas, et soudain, un groupe de policiers apparut dans mon champ de vision. Je ne courus pas, je ne fuis pas. Je me laissai faire et tendis mes mains aux policiers pour qu'ils mettent les menottes.

"Allez-y," dis-je en souriant.

Un policier imposant me scrutait comme si j'étais une ivrogne.

"Avez-vous pris des substances ?" demanda-t-il.

"Non. Je n'ai pas besoin d'être ivre pour dire la vérité."

De l'incompréhension se lisait sur son visage.

"La vérité ?" questionna l'un d'eux.

"Vous avez bien entendu," répondis-je d'une intonation claire et sûre. "Ne voyez-vous pas ce qui se passe autour de vous ?"

Un autre policier changea de sujet face à mes propos incohérents.

"Mademoiselle Nyx, cela fait plusieurs mois que nous recevons des plaintes vous accusant de violences récentes."

"Des violences !?" ricanai-je. "Vous pensez que brûler des postes de police est pire que les agressions qui se produisent toutes les trois minutes ?"

"Quel est le rapport entre les deux ?" demanda l'un d'eux.

"Il faut bien faire votre travail à votre place," rétorquai-je fermement.

"Cela suffit," râla un policier en serrant les menottes. "On vous emmène."

Je n'hésitai pas à monter dans la voiture de police. Je ne savais pas si j'irais en prison, ni pour combien de temps. Cela m'importait peu. Mon premier but était de me révolter, mais aussi d'encourager les autres à me suivre. Et je l'avais fait. J'avais sauvé des victimes et été porte-parole pour beaucoup. Je m'étais rendu justice à ma façon. Je m'étais sauvée, puis j'avais sauvé d'autres victimes. J'avais rendu hommage aux survivantes. J'avais accompli ce que la justice n'avait pas fait.

Deux policiers se placèrent à l'avant, tandis qu'un autre se mit à proximité de moi. Celui au volant démarra la voiture. Mais alors qu'elle était sur le point d'avancer, quelque chose frappa la voiture, provoquant un sursaut chez certains d'entre eux.

"Qu'est-ce que c'est que ça ?" râla le conducteur en se retournant. Le bruit venait de l'arrière. Je fis volte-face, tout comme les policiers. J'étais à la fois ébahie et étonnée. Les survivantes s'étaient mobilisées pour arrêter la voiture et la casser. De plus en plus de personnes se joignaient à elles. Le verre du véhicule se brisa en éclats. Furieux, un policier sortit de la voiture et brandit son arme.

"Mettez vos mains en l'air tout de suite !" hurla-t-il pour se faire entendre dans le vacarme.

L'autre policier resta dans la voiture, probablement pour me surveiller. Alors qu'aucune victime n'obéissait, une autre personne apparut dans l'ombre. Je le reconnus immédiatement : c'était le policier à qui j'avais fait la morale, Jack. Je me demandais ce qu'il faisait ici. Je commençai à devenir furieuse.

"Pas toi !" hurlai-je, pensant qu'il était complice et allait aider à arrêter les survivantes. "Va-t'en !" criai-je par la fenêtre à moitié ouverte.

Il s'avança progressivement vers moi et, arrivé face à la fenêtre, s'immobilisa.

"Laisse-la," dit-il d'un ton ferme.

L'incompréhension demeurait.

"Quoi ?" questionna un policier.

"Je t'ai dit de la laisser sortir," hurla-t-il nerveusement. "Sinon, je le ferai moi-même."

Face à son refus, le policier le dégagea violemment et ouvrit la porte du véhicule.

"Je suis avec toi," dit-il en me tendant la main.

Je souris, fière de ce que j'avais accompli. Je pris sa main pour sortir de la voiture.

"Qu'est-ce qui te prend ? Tu veux te faire virer ?" râla son collègue au volant.

"Je préfère être viré que complice," affirma-t-il en me regardant.

Mon sourire restait collé sur mon visage. En plus d'avoir sauvé des femmes, j'avais éduqué un policier et réussi à le faire changer. Je repensai à la June d'autrefois, qui avait perdu espoir et pensait qu'elle ne réussirait jamais à accomplir quelque chose.

"Je suis fière de moi," gloussai-je.

Il ricana.

"Même dans des situations comme ça, tu es comme ça."

"Toujours," affirmai-je à haute voix.

Je fis volte-face et remarquai les survivantes et tous les autres qui se tenaient encore face au véhicule cassé. Je m'approchai d'eux avec un regard rempli de gratitude.

"Merci d'être là," dis-je.

Puis larmes sortit de mes yeux lorsque j'aperçois Mme chapelle venir vers moi. Je l'a serre dans mes bras et l'a remercie pour tout ce qu'elle m'a apporté.

_ Je suis tellement fière de ce que tu es devenue. Dit-elle.

Et derrière elle j'aperçois Daisy, je l'a serre dans mes bras et l'a remercie d'être venue.

Mais avant tout, je laisse une pensée pour Brooke.

Epilogue

Les émeutes poussent le gouvernement à réagir. Le ministre de
l'Intérieur annonce une enquête sur la gestion des plaintes pour
violences sexistes et promet des réformes immédiates. Des mesures
sont prises pour renforcer les lois contre les violences sexistes,
améliorer le soutien aux victimes, et former la police sur ces
questions.
Des groupes de la société civile organisent des forums et des débats
pour maintenir la pression sur les autorités et garantir que les
promesses de réforme se concrétisent. Les émeutes, bien que
violente, aura eu pour effet de catalyser un changement nécessaire
et de sensibiliser davantage la population à la gravité des violences
sexistes et à l'importance de la justice pour les victimes.

Evelyn est la raison profonde de ce changement significatif dans la
société. Son engagement et son dévouement ont fait d'elle un
modèle inspirant pour beaucoup. Elle a su mobiliser les foules avec
son message de justice et d'égalité, transformant les attitudes et les
comportements à travers ses actions et ses paroles. Grâce à son
leadership et à son exemple, des initiatives ont été lancées, des lois
ont été modifiées et des vies ont été améliorées. Son impact est
visible non seulement dans les politiques publiques mais aussi dans
les mentalités individuelles, faisant d'elle une véritable pionnière du
changement social.

Alors que je feuillette les pages du journal officiel, un profond
soulagement envahit mes veines.

Alors que j'enfile mon manteau, je sors de chez moi et me dirige
vers le bar à chats où j'ai rendez-vous avec Mme Chapelle, mon
ancienne professeure, et Daisy, une amie de longue date. Malgré
les années, j'ai gardé contact avec elles, et nous avons décidé de
nous retrouver ici pour partager un moment convivial.

À mon arrivée, je les aperçois déjà installées à une table, entourée de quelques chats curieux. Elles me saluent de la main avec enthousiasme. Je m'approche et m'assois près d'elles, appréciant l'ambiance chaleureuse du lieu.

_ Tu as vu le journal ? demande Mme Chapelle d'une voix douce mais pleine de curiosité.

_ Oui, je l'ai vu, dis-je avec un sourire.

Mme Chapelle me rend un sourire radieux, ses yeux pétillants de fierté. Elle pose une main réconfortante sur la mienne et poursuit :

_ Tu te rappelles de la fois où je t'avais dit que tu pouvais revivre ? Eh bien, tu l'as fait. Non seulement tu t'es reconstruite, mais tu as aussi aidé tant de femmes à reprendre goût à la vie. Tu peux en être fière. Tu as changé le monde, Evelyn. Tu es un exemple pour tant de victimes.

Ses paroles réchauffent mon cœur. Je sens une vague de gratitude et de reconnaissance m'envahir.

_ Merci, Mme Chapelle, murmurai-je, émue.

Daisy, qui nous écoutait en silence, acquiesce avec un sourire complice. Le moment est empreint de douceur et de soutien mutuel, renforçant les liens qui nous unissent. La conversation se poursuit, animée par les souvenirs partagé et les projets futurs, dans ce cocon de bienveillance que nous avons créé ensemble.

Je remarque un paquet de bonbons posé devant Daisy, encore intact. Sous son regard attentif, je décide de le prendre et y apporte une petite modification. Elle observe en silence tandis que je barre les calories inscrites sur l'emballage. Lorsqu'elle le reprend et voit ce que j'ai fait, elle me sourit, visiblement émue.

Chère June, trois ans se sont écoulé depuis ton décès, mais aussi trois ans depuis ta renaissance.

J'ai découvert ma passion pour l'art et la littérature grâce à diverses expériences et au soutien inestimable de nombreuses personnes (anciennes professeurs, amies, etc.). J'ai énormément de mal à faire confiance à ma plume. Avec beaucoup de recul, j'ai réalisé qu'il y a toujours une lumière au bout du tunnel. Cette lumière, c'est mon écriture. L'écriture est devenue ma maison.

Avant de commencer ce livre, j'ai eu de nombreux doutes sur ma capacité à écrire un ouvrage engagé. J'ai souvent eu envie d'abandonner l'écriture. J'ai fréquemment remis en question ma décision. Comme tout auteur, je m'attends à recevoir des avis positifs et négatifs. Vous pouvez exprimer librement ce que vous en pensez, tant que cela se fait dans le respect.

Passons maintenant à l'objectif de ce livre, en deux mots : sensibiliser et aider. Beaucoup de personnes sont dans le déni et ignorent ce qui leur est arrivé. Ce livre est aussi destiné à ceux qui ont des proches ayant vécu des situations similaires, mais qui ne savent pas comment les aider. Il permettra de mieux les accompagner. Sensibiliser, parce que beaucoup ne comprennent pas l'ampleur de ces violences.

Je tiens à vous dire que ce livre est extrêmement précieux pour moi, car il est intimement lié à mon passé. De nombreux éléments sont directement inspirés de ma vie. Ce livre, me blesse autant qu'il me sauve. Certains chapitres ont évidemment été durs à écrire.

Remerciements

Nouveau livre, donc nouveaux remerciements. Merci à Venicia, ma première lectrice. Merci à mes amis, qui ont toujours cru en moi. Merci à mon ancienne professeure, lorsque j'étais en seconde, car pour être honnête, c'est elle qui m'a inspiré le personnage de Mme Chapelle. Partager mon livre avec vous est un réel plaisir pour moi.

FSC
www.fsc.org
MIXTE
Papier issu
de sources
responsables
Paper from
responsible sources
FSC® C105338